图说三国

原著　罗贯中

绘图　朱芝轩

改编　海上紫云轩主人

上海科学技术文献出版社

这是一部用图画形式帮助读者了解三国人物和《三国演义》故事梗概的图文书。

从公元184年黄巾起义到公元280年西晋统一的九十七年，是中国历史上一个战乱的年代，人民生活在水深火热的苦难时代。

苦难给后人留下了抹不掉的记忆。除了陈寿官修的《三国志》，许多民间艺术家以及与劳动人民接近的下层文人，亦为这个时代写下了大量的平话、戏剧和笔记。

元末明初的大文学家罗贯中在官修史书和民间创作的基础上，把三国史事整理出一本文学作品《三国演义》。这部书受到了人们的欢迎，读者成千上万，后来成了公认的古典文学名著，从明代中叶至今，已经流传了四五百年。

为了增强感染力，明清以来许多版本的《三国演义》都有人物绣像和章回插图。由于印刷条件限制，这些图画大都比较简单，类似今天的木刻版图。制作得最好的当属清光绪九年(公元1883年)由名画家吴友如绘图、上海筑野书屋制版的《三国演义全图》。有人说，这是最早的《三国演义》连环画。但连环画指的是故事情节相连续的图画，而吴友如画的三国全图，只能称为章回小说插图，并不具备故事情节的连续性，说是"连环画"，似不够确切。

清光绪二十五年上海同文书局出版了《三国志演义图画》，据黑龙江省佳木斯市藏书家刘精民考证，此书绘图者乃上海有名的画家朱芝轩，书中刊载了一百个人物绣像和二百四十个故事插图。人物绣像和章回插图采用了当时新引进的石印技术，制作得比较精美，画面栩栩如生。书一出来，就受到了广大读者的欢迎，一印再印，以后出版的《三国演义》，大多采用了朱芝轩绘制的插图。

本书根据同文书局本，将朱芝轩所绘三国人物绣像列为《图说三国》的第一部分。由海上紫云轩主人参考《三国志》等史书，为每个三国人物作了简单的介绍，使读者通过介绍了解史书关于某个三国人物的记述，以与《三国演义》的文学描写相对照。另将朱芝轩所绘《三国演义》章回插图列为《图说三国》的第二部分，由海上紫云轩主人以毛宗岗等修订的《三国演义》原本，并参考清末民初坊间各种《三国演义》的节本和《白话三国志》、《三国演义介绍》等书，对章回插图的历史故事分别作了摘录。读者通过摘录和介绍可以知道《三国演义》的故事梗概。

足本《三国演义》字数近百万，即便《三国演义》连环画也有几十册之多，很多工作繁忙的人，难以抽出整块时间读完它，《图说三国》也许能够帮助这部分人在工作闲暇之余，以随便翻翻的方式，涉猎《三国演义》这部中国古典文学名著。

编　者

2007年8月

人物绣像

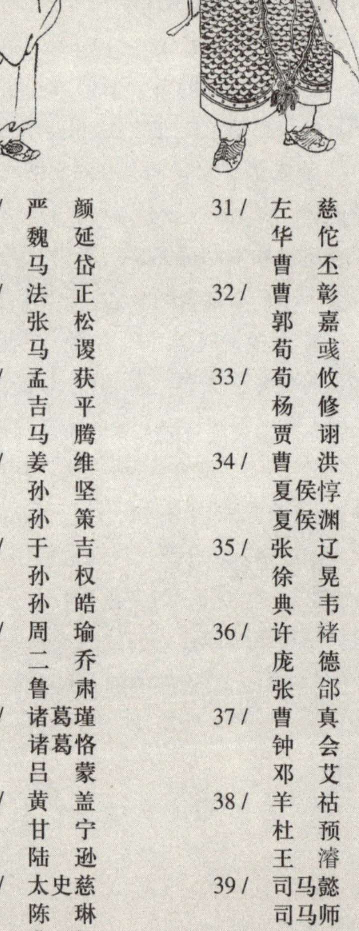

三国演义章回插图

汉献帝——刘协

（公元181～234年）

东汉王朝最后一个皇帝。汉灵帝的儿子，公元189~220年在位。他是大军阀董卓夺取首都长安后立的皇帝。董卓败亡后，又被曹操派兵接到许都为帝。范晔评道："献生不辰，身播国屯。终我四百，永作虞宾。"言献帝生不逢时，身既播迁，国又屯难。虞宾谓舜以尧子丹朱为宾，唐李贤比喻献帝为曹氏王朝之宾客。其实汉献帝原来是董卓的傀儡皇帝，被曹操接到许都以后，又变成了曹操的傀儡皇帝，在自由程度上连宾客都不如。曹操常用汉献帝的名义以中央代表身分向全国发号施令，不断扩充自己的势力范围，这就是史书中说的"挟天子以令诸侯"。汉献帝曾在外戚力量帮助下，企图反曹夺权，均遭失败。公元220年曹操的儿子曹丕逼他以禅让方式退位，由曹丕代汉为帝，他被封为山阳公。

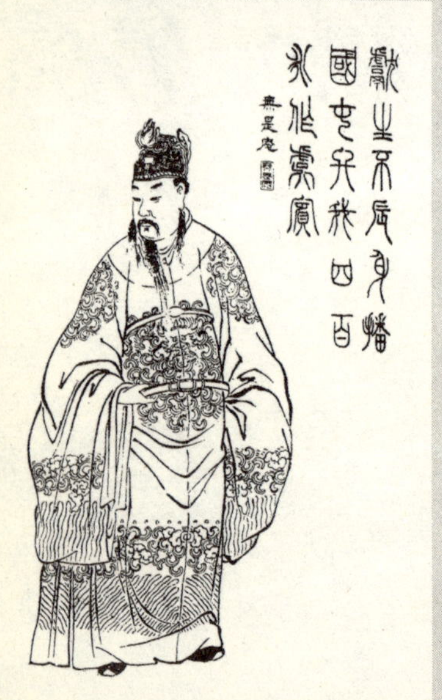

伏皇后——伏寿

（？～公元214年）

伏皇后，名寿，汉献帝皇后，汉侍中伏完之女。她对曹操擅权不满，与其父密谋废曹。其父终不敢发，父死后，密谋泄露，曹操闻讯大怒，派兵入宫把她从藏壁中拖出。她披发跣行，呼喊汉献帝救命。汉献帝悲伤地说："我亦不知命在何时！"后即被曹操下暴室处死。所生二皇子亦被鸩杀。兄弟宗族死者百余人。

蔡　邕

（公元133～192年）

东汉末年名士，字伯喈，陈留圉人。上通天文，下明经史，又精音律，擅辞赋，极富文学才华。汉灵帝时任议郎，上书皇帝论朝政得失，得罪宦官，被流放。后又亡命江湖十二年。大军阀董卓入长安，杀宦官，破格重用他，官侍御史，封左中郎将、高阳乡侯。世称"蔡中郎"。董卓败亡后，为司徒王允妄杀。著作有《蔡中郎集》。

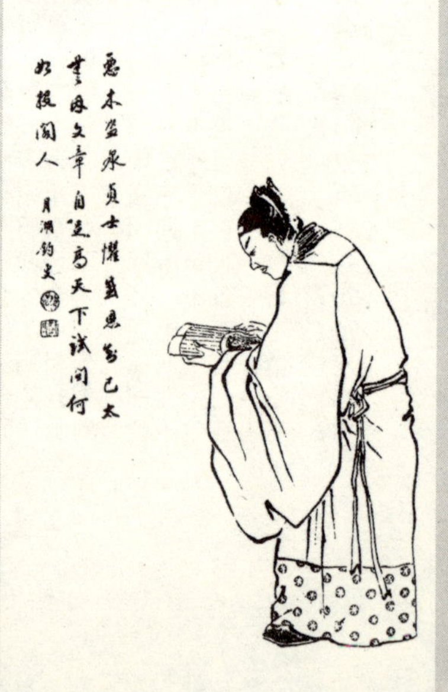

蔡文姬——蔡琰

（生卒年不详）

三国时期女诗人，名琰，东汉名士蔡邕之女。博学有才，妙于音律。东汉末年战乱时，为胡骑所掠。后为匈奴左贤王妃，滞留胡中十二年，生有子女。曹操念蔡邕旧谊，遣使者以重金从匈奴赎回，改嫁屯田都尉董祀。在匈奴时，曾作琴曲《胡笳十八拍》，叙自己悲惨身世和人民的苦难，流传至今。她的《悲愤诗》写自己的遭遇和归汉时的母子离别之情，文学价值很高。现代诗人郭沫若曾作话剧《蔡文姬》，公演后，轰动一时。

吕　布

（？ ~公元199年）

字奉先，东汉末年继董卓而起的另一个大军阀，五原九原人。他雄武有力，常骑赤兔马、执方天戟，弓箭功夫十分了得。他曾以千余步骑，抗衡袁术三万精兵，临场，辕门射战，一箭而却强敌，被人称为“飞将”。他原系董卓爱将，后与司徒王允合谋铲除了董卓，被朝廷提升为奋威将军，封温侯。不久，率部占领徐州，称霸一方。公元199年在与曹操争夺势力范围的战争中，兵败被杀。《三国志》作者陈寿评论他“有虓虎之勇，而无英奇之略”。

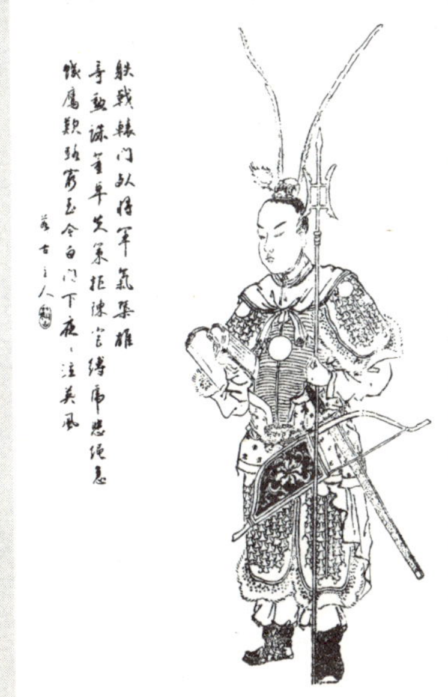

貂　蝉

（生卒年不详）

《三国演义》中说，汉司徒王允为铲除篡夺朝廷大权的董卓，乃巧施“连环计”，让美丽的婢女貂蝉周旋于董卓及其爱将吕布之间，尽力挑拨离间，终于利用吕布杀了董卓。而史书中却没有貂蝉此人的记载，所以人们认为貂蝉只是文学传说，历史上并无其人。但翻检《三国志》，书中有吕布与董卓侍婢私通的记载，鲁迅在《小说旧闻钞》里提到，有一本佚书《汉书通志》中亦有“曹操未得志，先诱董卓，进刁蝉以惑其君”的说法，有人认为这里说的侍婢和刁蝉即貂蝉，所以亦有人认为貂蝉确有其人。清代学者梁章钜亦认为史有貂蝉其人。民间传说中多以为貂蝉确有其人，并把她与西施、王昭君、杨贵妃同列为中国四大美人。

陈 宫

（？～公元199年）

《三国演义》和京剧《捉放曹》中都说陈宫是东汉末中牟县令，曾捉住企图行刺董卓的逃犯曹操，后又被曹操为国除奸的精神所感动，与曹操一起逃亡。但史书记载陈宫本来就是曹操的将领，在曹操率军出征时，为曹操镇守后方，后背弃曹操投靠吕布。《捉放曹》所云实无其事。《三国志》注引《典略》有载：“陈宫字公台，东郡人也，刚直烈壮，少与海内知名之士皆相连结。及天下乱，始随太祖，后自疑，乃从吕布，为布划策，布每从其计。”公元198年吕布与曹操争雄，后兵败，陈宫与吕布均遭擒被杀。

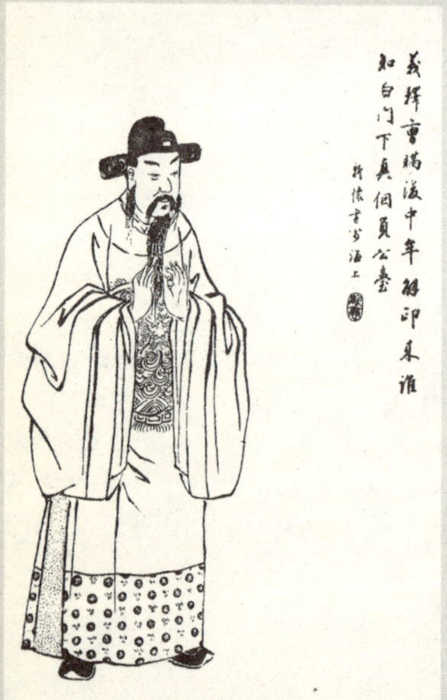

吕伯奢

（生卒年不详）

曹操故友。《三国演义》中说，曹操行刺董卓未遂，亡命而逃。在逃亡途中暂息老友吕伯奢家。吕伯奢为招待他出外买酒，家人杀猪办席。曹操听到磨刀声，怀疑吕氏要害他，错杀了吕氏全家。此事在《三国志》正文中并无记载，但在裴松之《三国志》注所引《魏书》、《世语》和《杂记》中有记载，只是情节有所不同。《魏书》说，曹操过吕伯奢家时，吕不在，“其子与宾客共劫太祖（曹操），取马及物，太祖手刃击杀数人”。《世语》说，“太祖（曹操）过伯奢，伯奢出行，五子俱在，备宾主礼。太祖疑其图己，手剑夜杀八人而去。”《杂记》说，曹操过吕伯奢家，“闻其食器声，以为图己，遂夜杀之，既而凄怆曰：‘宁我负人，毋人负我。’遂行”。据此，曹操在逃亡途中错杀吕伯奢家人的事确实有，他也确曾说过“宁我负人，毋人负我”的话，但未杀吕伯奢。

董 卓

（？～公元192年）

出身凉州豪强。东汉末，驻军陇西，以军功，晋升破虏将军。公元189年乘首都内乱率兵进入洛阳，执掌了中央大权。他依仗军队力量，在朝廷中专断独行。废少帝、杀太后，另立献帝，自任太尉、相国，以皇帝为傀儡。更纵容所部对首都和近郊人民掳掠淫杀，弄得怨声载道。人民痛恨他，编歌谣“千里草，何青青，十日卜，犹不生”咒骂他。后来关东各州起义兵讨伐他，他乃焚烧洛阳，大掠百姓，劫天子迁都长安。公元192年，汉司徒王允争取其爱将吕布在未央殿前将他刺杀。人民在他肥胖的肚脐上点天灯，烧了好几天。董卓死前，因害怕人民反抗，乃在长安近郊郿坞修建大碉堡，内藏粮食、财宝、军械，企图以此自保。但大碉堡也未能挽救他灭亡的命运。

袁 绍

（？～公元202年）

字本初，汝南汝阳人。出身于“四世三公”的官宦大家，初官司隶校尉。在宦官擅权杀害朝廷重臣何进时，他领兵大杀宦官。董卓篡权后，要争取他，他不理会，“横刀长揖”而去。他联络关东各州起义兵讨伐董卓，被推为义军盟主。后占据中原地区冀、青、幽、并四州，成为东汉后期北方最大的地方割据势力。公元200年为争夺更大的统治权力，与曹操在官渡决战，因战略决策和军事指挥失误而遭失败，不久病亡。

田 丰

（？～公元201年）

字元皓，巨鹿人。东汉末大军阀袁绍的谋士。他天资聪明，博览群书，权略多奇。年轻时在朝中任侍御史，因宦官擅权，弃官归家。袁绍起兵反董卓时，卑辞厚币聘请他，任之为别驾（相当于今日之副官）。后来帮助袁绍出谋划策，战胜公孙瓒，取得幽州。公元200年曹操东征刘备，他曾建议袁绍立即发兵袭击曹操后路，袁绍以小儿染病为由推托。田丰以杖击地，痛失良机。后袁绍又要兵出官渡，与曹操决战，田丰说决战时机不到，应作持久战打算。袁绍不听，田丰一再坚持，袁绍认为他动摇军心，一怒之下，将他监禁。袁绍官渡战败，有人对田丰说，“君必见重”。田丰说：“若军有利，吾必全，今军败，吾其死矣。”（《三国志·魏书·袁绍传》）果然，袁绍兵败后害怕田丰讥笑他，急忙叫人把田丰杀了。

沮 授

（？～公元201年）

广平人。少有大志，任冀州别驾，历二县令。后归袁绍，为从事。他和田丰都是当时袁绍方面的第一流人才，在智谋上比之于三国时期的大人才诸葛亮、鲁肃辈，略不逊色。袁绍起兵之初，他为之分析天下大势、制订战略规划，其远见卓识，可比之于著名的“隆中对”。官渡之战前，袁绍要挥师南下与曹操逐鹿中原，沮授审时度势，建议与曹操打持久战，但袁绍不听。官渡之战中，他又建议袁绍出重兵把守乌巢粮队，袁绍仍不听，终致造成官渡决战之失败。官渡之战后，沮授为曹兵所擒，曹操厚待之，但他不肯背袁降曹，终于被杀。东晋史家孙盛评曰：“观田丰、沮授之谋，虽（张）良、（陈）平何以过之？……君用忠良，则伯王之业隆，臣奉闇后，则覆亡之祸至。存亡荣辱，常必由兹。”（《三国志·魏书·袁绍传》裴注引）

颜 良

（? ~公元200年）

袁绍所部河北名将，骁勇但少智谋。官渡之战前受袁绍派遣，率军围攻曹军刘延部于白马。曹操派大将张辽和降将关羽急赴白马救援，张、关与颜良大战，关羽刀重、马快，勇冠三军，在万军丛中一战而斩颜良，袁军大败，白马之困遂解。关羽也因此建功，被封汉寿亭侯。

文 丑

（? ~公元200年）

袁绍所部大将，与颜良齐名。官渡之战时，为袁军先锋，在延津渡河与曹军大将徐晃作战，大败，被斩。《三国演义》中说，关羽在官渡战中斩颜良，诛文丑。事实上，颜良是为关羽所斩，但文丑却非关羽所诛。

袁 术

（? ~公元199年）

字公路，汝南汝阳人。东汉末盘踞江淮地区的大军阀。出身于“四世三公”的袁氏大家族，袁绍的从弟。初官虎贲中郎将。董卓专权时，据南阳反董，曾派先锋孙坚连挫董卓大军。后因搜括民众丧失人心，又受曹操、袁绍夹击，退至淮南。公元197年在寿春自立为皇帝。袁术称帝后淫奢暴虐，烧杀抢掠，把个富庶之乡弄得残破不堪，各地大小军阀没有一个人承认他，反而指责他为乱臣贼子，从此陷入孤立。在这种情况下，他仍倒行逆施，继续过着荒淫无耻的生活，后宫数百美女，“皆服绮縠，余粱肉，而士卒冻馁，江淮间空尽，人民相食”（《三国志·魏书·袁术传》）。不久，他的小王朝即在曹操军队的打击下，土崩瓦解。他想去投靠下属，被拒绝，后在逃亡途中发病而死。总计从他称帝到灭亡，不过两年时间。

公孙瓒

（？～公元199年）

字伯珪，辽西令支人。初为郡国门下书佐，后任辽东属国长史。曾在巡边时率数十骑打败鲜卑数百骑，被升职为涿县令。黄巾起义后，因大破黄巾有功，进据幽州。后与北方大军阀袁绍连年作战，公元199年兵败自杀，幽州亦为袁绍吞并。公孙瓒懂经义、有姿仪，能团结人。与刘备交好，曾表举刘备为别部司马、平原相，刘备的大将赵云也曾是他的部下。

张　绣

（？～公元207年）

武威祖厉人。董卓大将张济侄。张济死后，继领张济军众。骁勇善战，以军功迁建忠将军。据宛城后归降曹操。后因曹操私纳张济妻，双方结怨，乃起兵袭击曹操，曹操仓促应战，无法克敌，只好狼狈逃命。此次战役，曹军损失很大，大将典韦阵亡，曹操两个儿子亦在战斗中丧生。曹操重整旗鼓后，派兵再攻张绣，打了一年多，也没能把张绣攻下。曹操与袁绍官渡对垒、处境艰难时，张绣又听从谋士贾诩计，率众再降曹操。曹操大喜，二人捐弃前嫌，结为儿女亲家。官渡之战中，张绣力战有功，再迁破虏将军，封侯，食邑特多，达二千户。公元207年再从曹操征乌桓，因曹丕抱怨他在宛城战中杀其兄弟，心不自安，忧郁而死。

陶　谦

（公元132～194年）

字恭祖，丹阳人。文人出身。黄巾起义前曾任幽州刺史，后以击破黄巾有功，出任徐州牧，封溧阳侯。在董卓当权时，曹操之父因避难琅琊，过泰山时被人杀害。曹操归咎陶谦，于公元193年，出兵攻打徐州，下十余县，屠城，杀人万余。刘备等曾出兵救援徐州。次年陶谦病笃，向别驾糜竺说："非刘备不能安此州。"谦死，糜竺等率州人迎刘备，刘备遂领徐州。但不久徐州即为军阀吕布占据。《三国演义》据此演绎了陶谦向刘备三让徐州的故事。

孔 融

（公元153～208年）

字文举，东汉末名士，鲁国人。儿童时即有“七岁让梨”之美誉。因曾任北海相，人称孔北海。任内每日与人饮酒、赋诗，对饥荒与民生，很少过问。黄巾起义后，被黄巾打败，只好投奔曹操。此后，先任青州刺史，做不好，再任少府，又做不好，只好改任闲职太中大夫。但不论做什么官，他都是“座上客常满，樽中酒不空”。名士习气改不了。他尤喜以嘲讽口吻抨击时事。如曹操打败袁绍后以甄妃赐曹丕。他向曹操说：“武王伐纣，以妲己赐周公。”曹操问：“何据？”他答：“以今度之。”他又反对曹操禁酒令，反对征乌桓。这些已经使曹操很难堪了，他仍不悔改。公元208年他又对孙权来使讪谤曹操南征是“以至不仁伐至仁”，终致被杀。

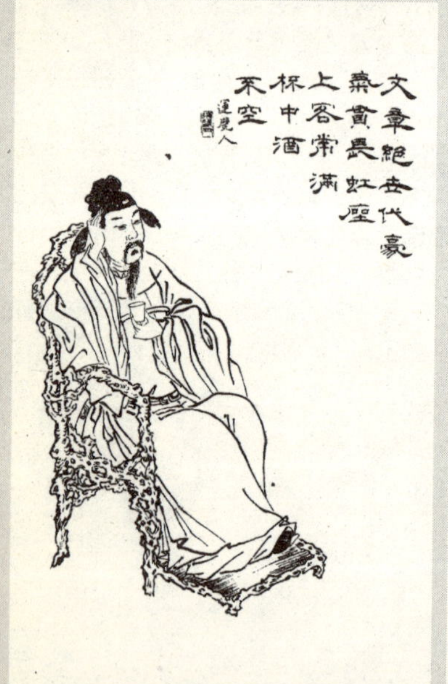

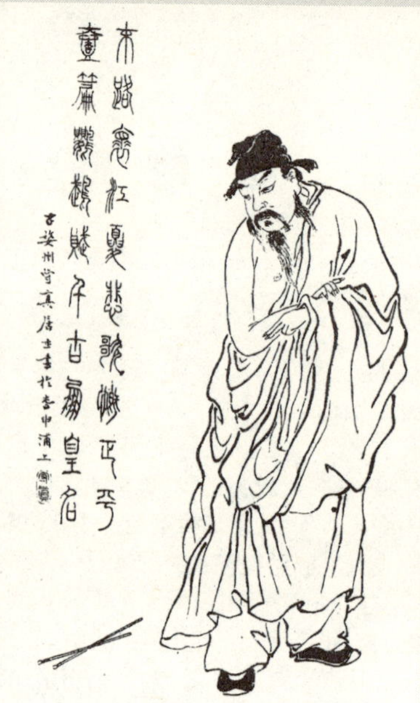

祢 衡

（公元173～198年）

字正平，东汉末名士。平原般人。少年时名声就很大，他和孔融性格相似，都自高自大，恃才傲物。公元197年孔融上书荐举祢衡，说他“淑质贞亮，英才卓砾”。但祢衡当时表现很狂，曹操想抑制一下他的骄气，乃召他为鼓吏。祢衡对曹操不满，乘机在宴会上击鼓折辱曹操。曹操没有杀他，也不想用他，就派他去见荆州牧刘表。他与刘表亦搞不好，刘表派他到江夏去见太守黄祖。他看不起黄祖，语辞多有侵犯，终遭黄祖杀害。他的作品有《鹦鹉赋》，叙才华之士，身处乱世之悲哀，辞意均佳。

管 辂

（公元209～256年）

字公明，平原人。三国时卜者。《三国志·魏书·方技传》说他“容貌丑陋，无威仪而嗜酒”。自幼好天文，八九岁便喜欢仰视星辰，夜不肯寐。成年研习《易经》，明风角、占卜、看相之术。与人论道，倡于大论，经于阴阳，磊落雄壮，文泉葩流。论难锋起时，能舌战群儒，对答如流。后为清河太守召为文掾。不久又为冀州刺史任为文学从事。吏部尚书何晏请卦，管辂说：“圣贤所以能流光六合，万国咸宁，在于他们履道光明，而不是卜筮的作用。今君侯位重山岳，势若雷电，而怀德者鲜，殆非多福。位峻者颠、轻豪者亡，不可不思害盈之数、盛衰之期。是故山在地中曰谦，雷在天上曰壮。谦则裒多益寡，壮则非礼不履。未有损己而不光大，行非而不伤败。”家人听了这些话，责备他“言太切至”。管辂说：“与死人语，何所畏邪！”十几天后，何晏伏诛。家人才服气他有先见之明。管辂自知才长命短，担心自己看不到儿女嫁娶。后来果如其言。

张　角

（？～公元184年）

东汉末年黄巾农民起义军领袖。巨鹿人。早期道教——太平道的创始人。太平道奉黄老学，最高理想为“去乱世致太平”。他以“大贤良师”身分，以治病传教，十余年间，组织起数十万信徒，连接郡国，遍及青、徐、幽、冀、荆、扬、兖、豫八州。遂置三十六方，每方都有渠帅，接受统一领导。公元189年二月，各州在“苍天已死，黄天当立”口号鼓舞下，同时起义，皆着黄巾标帜，参加者有三十六万人之多。一时间各州长吏逃亡，旬日之间天下响应。黄巾起义后，东汉王朝派中郎将卢植等率兵镇压，被张角集合幽、冀两州黄巾起义军击退。但由于起义军起事仓促，缺乏军事斗争经验，在战斗中常处不利地位。不久，张角病死，起义军遭镇压，但黄巾军余部仍在各地坚持战斗，连绵一二十年之久。青州黄巾军则大多为曹操收编，成为曹操军事集团的骨干队伍。

刘　备

（公元161～223年）

字玄德，涿郡涿县人。西汉中山靖王刘胜远支。早年以贩履织席为业。东汉末年与关羽、张飞一起参与镇压黄巾起义，三人情同兄弟。因军功，被任平原相。又因救援过徐州牧陶谦，在陶谦病亡后代领徐州。后被新起军阀吕布打败，走依曹操、袁绍。袁绍失败后，又南下依附荆州牧刘表。在荆州得诸葛亮之辅佐，采取联合东吴孙权方针，在赤壁之战中打败曹操，占荆州中南部。后又占益州、汉中，与曹操、孙权鼎足而三分天下。公元221年称帝，建蜀汉国。公元222年起兵与孙权争夺荆州，在夷陵之战中被吴将陆逊战败，不久在白帝城病亡。谥号昭烈皇帝。

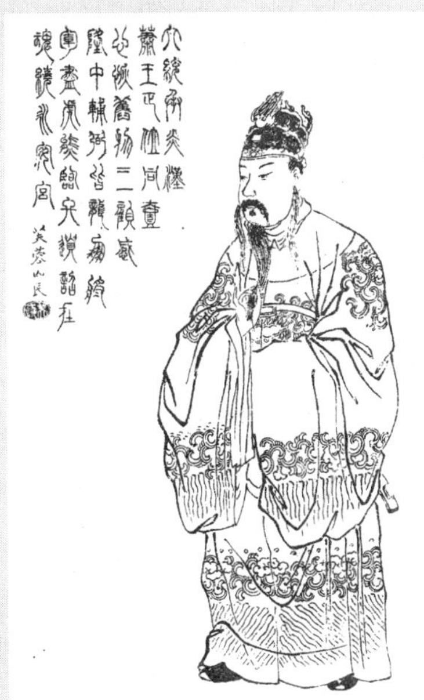

糜夫人

（？～公元208年）

刘备的夫人。她是徐州牧别驾从事糜竺之妹。公元194年陶谦病亡，遗命糜竺迎刘备代领徐州。公元196年，吕布袭取刘备占据之下邳，虏刘备妻子。刘备处境窘迫，糜竺乃助刘备奴客两千，又助大量金银货币，并将妹嫁与刘备为夫人。刘备赖此重起。糜夫人后来跟刘备到荆州。公元208年曹操攻荆州，糜夫人带领甘夫人所生的儿子阿斗跟随刘备南逃，在长阪被曹兵围困。为减少突围困难，她将阿斗托付给赵云，自己投井死。

甘夫人

（？～约公元215年）

据东晋王嘉《拾遗记》所述，甘夫人原是沛县著名的美人，出身贫微，时人比之为聚雪玉人。刘备占据小邳时，娶她为妾。后随刘备去荆州，生刘阿斗。曹操袭击荆州时，她随刘备南逃，被困于长陂，为赵云救出。约在刘备进军益州前病亡，葬南郡。据诸葛亮说，她很贤惠，与刘备感情也很好。但因出身不高贵，一直屈居妾位。刘备称帝后，谥为皇思夫人，迁葬于蜀。刘阿斗做皇帝后，追尊为昭烈皇后。

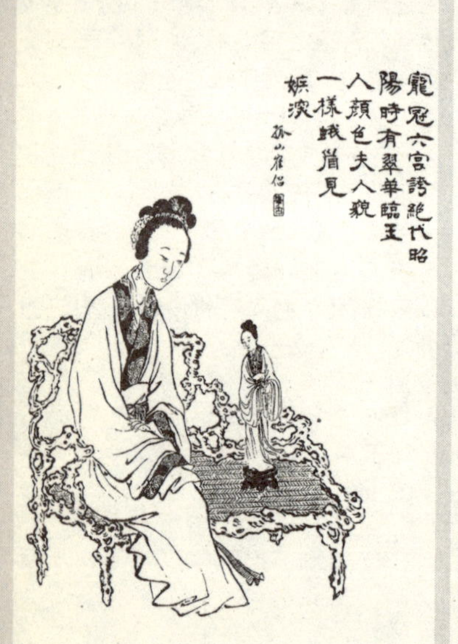

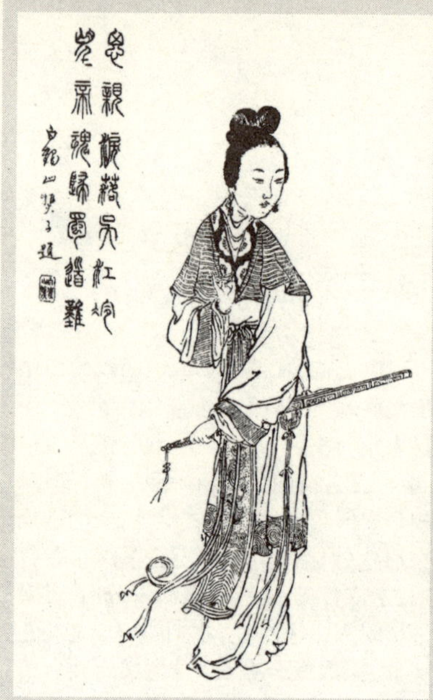

孙夫人

（约公元185～222年）

孙权之妹。公元210年，赤壁战后，孙权为笼络刘备，以妹嫁之，史称孙夫人。孙权这个妹妹“才捷刚猛，有诸兄之风。侍婢百余人，皆亲执刀侍立。先生每入，衷心常凛凛。惧孙夫人生变于肘腋之下”（《三国志·吴书·周瑜传》）。孙夫人虽嫁与刘备，可是在孙权与刘备发生军国利益冲突时，仍坚决站在吴国立场，不听刘备摆布。刘备为防止她惹是生非，派大将赵云任掌内事，加以防范。刘备西征时，孙权用船将孙夫人接回，她竟想把刘阿斗带走，以做人质，后被张飞、赵云夺回。

刘阿斗

（公元207～271年）

刘备的儿子。名禅，俗称刘阿斗。公元207年生于荆州。三岁时，曹操进袭荆州，他和母亲甘夫人被曹兵围于长陂，为刘备大将赵云救出。刘备娶孙权妹孙夫人后，他跟随孙夫人生活。孙夫人回江东时，把他当人质带走，被张飞、赵云勒兵夺回。公元221年，刘备在成都称帝，七月，率蜀军东征孙权，在夷陵之战中被吴将陆逊战败，不久病死于白帝城。刘阿斗继承帝位，是为后主。在丞相诸葛亮和尚书令蒋琬等辅佐下，“敬贤任才”、“夙夜匪懈”，把蜀国治理得不错。但到晚年，接近小人，喜欢女色，表现得很昏庸。公元263年，魏国大将邓艾兵临成都，刘阿斗听大臣谯周意见，决计投降，蜀汉亡国。刘阿斗投降后，被魏国封为安乐公，仍酖于玩乐。司马昭在宫中设宴，作故蜀伎，他喜笑自若，司马昭问他“颇思蜀否？”他答：“此间乐，不思蜀。”公元271年病亡。享年六十六岁。

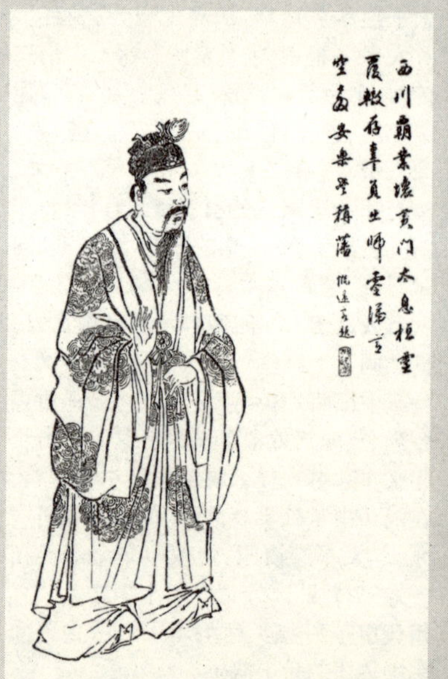

北地王——刘谌

（？～公元263年）

蜀汉后主刘阿斗的第四个儿子。公元263年，后主欲向围困成都的魏军投降时，刘谌坚决不同意。他愤怒地说：“若理穷力屈，祸败必及，便当父子君臣背城一战，同死社稷，以见先帝可也。”（《三国志·蜀书·后主传》）后主不理会刘谌的意见，还是决计投降。刘谌到刘备庙前大哭一场，然后自杀。

诸葛亮

（公元181～234年）

字孔明，瑯琊人。三国时期政治家、军事家。早年跟叔父诸葛玄移居荆州。与兄弟耕读于南阳隆中。身居茅庐，胸怀天下，对政治、军事形势有独特见解，时人称为卧龙。公元207年，刘备三顾茅庐，敦请他出山辅佐。他向刘备分析天下形势，推出联吴抗曹、割据荆益、三分天下的战略方针，史称“隆中对”。刘备认真执行这一方针，联吴抗曹，取得了赤壁之战的胜利，接着西进益州，建立了蜀汉政权。刘备死后，他辅佐后主，恢复已经破裂的吴蜀联盟关系，解决西南夷的动乱问题，然后六次率军北伐，与曹魏争夺中原，坚持斗争八年之久，终因实力不足，未能完成夙愿。公元234年病逝于五丈原军中。诸葛亮有多方面才能，他懂得力学、机械学，发明过“连弩”和山地运输工具“木牛流马”。他死后，颇为后人所怀念，直至今日，都有人在纪念他。

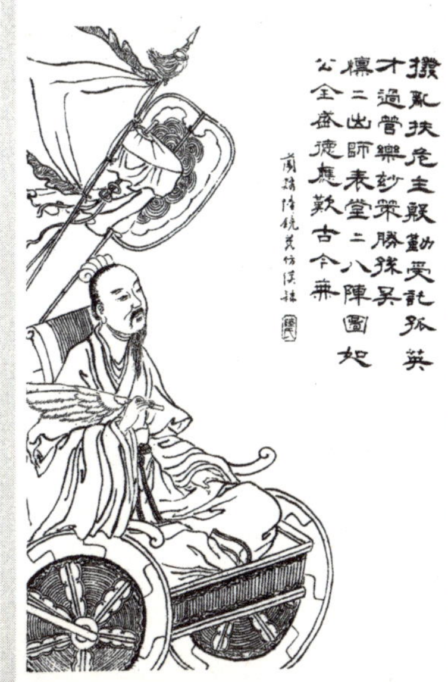

庞　统

（公元179年～214年）

字士元，襄阳人。刘备重要谋士。据《襄阳记》所述，他年轻时因才华出众，与诸葛亮并称为卧龙、凤雏。原任周瑜功曹，后归刘备，为耒阳令，因“在县不治”，免官。鲁肃致书刘备，说“庞士元非百里才，使处治中、别驾（即首长副官）之任，始当展其骥足”（《三国志·蜀书·庞统传》）。刘备与庞统谈话，才知道他是个大人才，即任之为治中从事，与诸葛亮并为军师中郎将。后随刘备进军益州，为刘备出谋划策。公元214年，刘备采纳他的计划，进军围成都。庞统率众攻雒城，为流矢所中，亡。

关　羽

（公元160～220年）

字云长，河东解县人。蜀汉大将。东汉末，因人命案流落涿县，后与刘备、张飞一起参与镇压黄巾起义，三人情同兄弟。公元200年刘备被曹操击败，他被俘，后帮助曹操与袁绍作战，杀袁绍大将颜良，再归刘备。赤壁之战前领水军，驻夏口，赤壁之战中有功。公元214年刘备、诸葛亮相继西征益州，他镇守荆州。公元219年，关羽在襄樊之战中，围曹仁，杀庞德，水淹七军，招降于禁，军威震华夏。曹操一度想迁移首都，以避其锋。就在这时，他因骄傲丧失警惕，被孙权大将吕蒙率军袭击后路，夺取了他的后方基地南郡。他也兵败麦城，遭吴军擒杀。

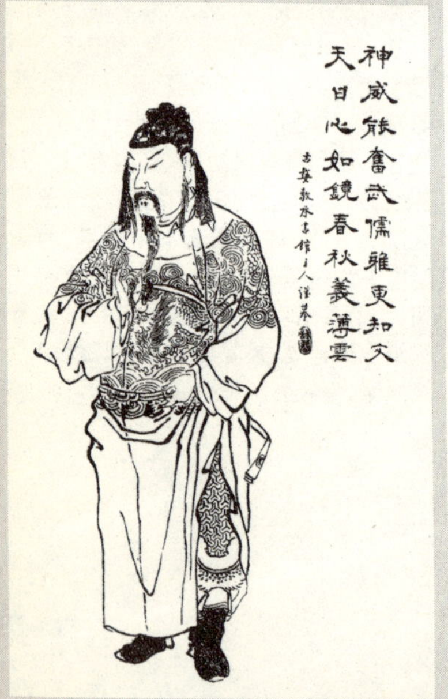

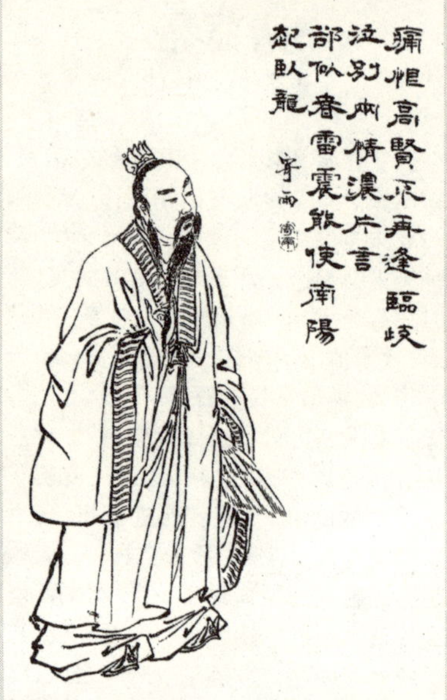

徐　庶

（？～约公元232年）

原名福，字元直，颍川人。少好任侠，是诸葛亮早年至交。为人正直，知无不言。刘备屯荆州新野时，徐庶见刘备，受到重用，遂向刘备推荐诸葛亮。曹操南下荆州时，俘获其母，被迫辞刘归曹。在曹魏官至御史中丞。《三国演义》据此演绎，说“徐庶进曹营，一言不发”，又说他“身在曹营心在汉”。从他在曹魏未建奇功、亦未得重用的情况看，这种演绎也有它的合理性。

关　平

（？～公元220年）

关羽之义子，常年跟随关羽南征北战。骁勇善战，襄樊之战时，孙权令吕蒙发兵袭击关羽后路，关羽回军救援，被吴军伏兵擒杀，关平亦被害。传流的关羽画像，有黑脸将军与年轻小将相伴左右，黑脸将军为文学人物周仓，年轻小将即为关平。

关 兴

（生卒年不详）

据陈寿《三国志·蜀书》，关兴字安国，关羽嗣子。少年时即有优异表现，深得诸葛亮器重。弱冠即为侍中，后迁中监军，不久病亡。有子关统。魏军伐蜀时，被关羽擒杀的魏国大将庞德之子庞会随军，蜀亡时，庞会寻找关羽后人关彝等，尽灭之，故关羽无后。《三国演义》中写关兴为关平之弟，亦骁勇善战，是刘备伐吴、诸葛亮伐魏时的大将，战功卓越，这些多是文学创作，不是史实。

张 飞

（? ～公元221年）

字益德（《三国演义》作翼德），涿郡人。蜀汉大将。早年以屠宰为业。东汉末年，与刘备、关羽一起参与镇压黄巾起义，三人情同兄弟。后跟随刘备与吕布、曹操战斗。又随刘备到荆州。公元208年秋刘表死，曹操发兵直下荆州，刘备南逃，曹兵追至，张飞在长陂率二十骑拒后，他“据水断桥，瞋目横矛曰：‘身是张益德也，可来共决死！’敌无敢近者”（《三国志·蜀书·张飞传》，下同）。曹魏谋臣等称张飞与关羽都是“万人之敌”。公元212年，刘备命张飞率兵攻打刘璋的巴郡，郡太守严颜拒战，被张飞俘虏。张飞善待严颜，引之为上宾，在严颜协助下，“所过战克”，很快与刘备会师成都。刘备与曹操争夺汉中时，他又出奇兵在八蒙山战胜曹魏大将张郃。战后他在山上刻石，谓：“汉将张飞大破贼首张郃于八蒙”。此石至今尚存。公元221年，刘备决心起兵伐吴，命张飞率万人出发，张飞因关羽之死，心情不好，粗暴地对待部下，被部下谋杀。

张 苞

（? ～约公元220年前）

张飞之长子。《三国演义》中，张苞为蜀汉大将，骁勇善战，曾随刘备、诸葛亮东征孙吴、北伐曹魏，屡建大功。事实上，张苞死在其父张飞之前，没有建立过大功。但他儿子张遵，官至尚书，曾随诸葛亮的儿子诸葛瞻在绵竹抗击魏将邓艾，战死。

程　畿

（？ ~公元222年）

字季然，巴西人。刘璋为益州牧时，任江阴太守。刘备攻克益州后，任从事祭酒。公元221年跟随刘备东征孙权。刘备在夷陵战败，溯江而逃，他负责断后。追兵已至，别人叫他“解船轻去”。他说“吾在军，未曾为敌走，况从天子而见危哉！”（《三国志·蜀书程畿传》）乃执戟击翻敌舟，后敌众大至，被杀。

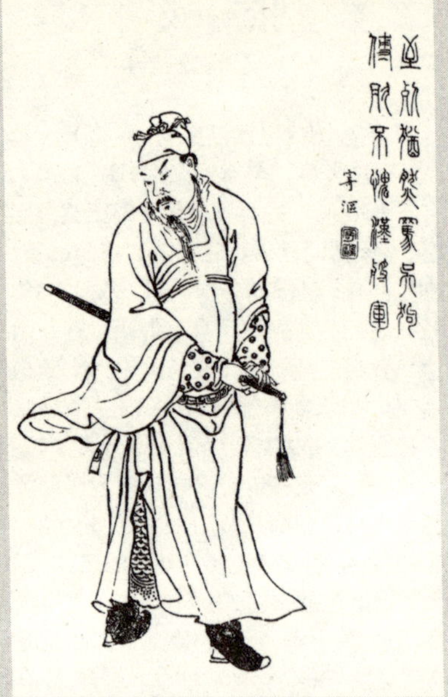

傅　肜

（？ ~公元222年）

义阳郡人。蜀军将领。随刘备东征孙吴。公元222年，刘备在夷陵战败，他率部“断后拒战”。兵人死尽，吴将令傅肜投降，他骂道：“吴狗，何有汉将军降者！”（《三国志·蜀书傅肜传》）遂战死。其子傅佥为左中郎，后在关城率兵抗拒魏军，战死。

沙摩柯

（？ ~公元222年）

蜀汉武陵五豀蛮夷首领。公元221年秋刘备东征孙吴，他遣使请率部随征。公元222年秋，刘备在夷陵战败，沙摩柯与蜀军大督冯习、前部张南并数万军士在此次战役中战死。

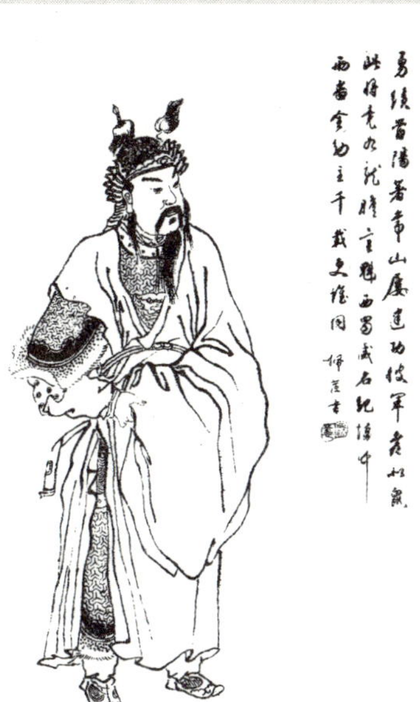

赵　云

（？ ~公元228年）

字子龙，常山郡真定人。原幽州牧公孙瓒的部将，后跟从刘备，组织私人部曲护卫刘备。常与刘备同床而眠，情谊甚好。曹操兵南下荆州袭击刘备时，他曾在长坂保护甘夫人与刘阿斗突围。后来孙夫人要将刘阿斗带回东吴，也是赵云会同张飞勒兵救回。汉中之战时，与曹操大军相遇，“前突其阵”，反复趣围，又以疑兵却敌，杀得曹军惊骇震悚，自相蹂践。第二天，刘备来巡视战处，曰“子龙一身都是胆”。军中号之为虎威将军。赵云不仅作战英勇，器度亦不凡。刘备打下成都拟将屋舍、园地分给众将，他坚决反对，认为此举将丧失人心。刘备听取了他的意见，才得蜀人欢心。孙权袭击荆州，杀害关羽，刘备要起兵复仇，武将一哄而起，唯赵云苦口进谏。他可以说是三国时期蜀汉阵营中一位智勇双全的将军。

黄　忠

（？ ~公元220年）

字汉升，南阳人。原属刘表，为中郎将。公元208年，刘备占长沙，得之。随后调其随军入川，次年攻打益州，黄忠为先锋，常先陷阵，勇冠三军。公元218年，曹操率名将夏侯渊进军汉中，黄忠与夏侯渊对阵定军山。在一次决定性战斗中，黄忠利用自己阵地较高的优势一战而斩夏侯渊，继而大破曹军。定军山战斗的胜利，迫使曹操从汉中退兵。刘备遂将夏侯渊的征西将军封号授予黄忠。刘备自立汉中王时，将黄忠封为后将军，使其与蜀汉名将关羽、张飞同列。关羽不服气，说“大丈夫终不与老兵同列”，雄辩家费诗给了他一顿严肃批评，他才放弃了自己横蛮无理的立场。黄忠受封后一年，因病去世，谥刚侯。

马　超

（公元176 ~ 222年）

字孟起，扶风茂陵人，东汉名将马援之后。东汉末年随父马腾起兵割据凉州，曹操征马腾为卫尉，以马超为偏将军，领马腾部曲。公元211年联络关中、陇西地方武装韩遂等攻打曹操，进军潼关。曹操用贾诩“离”字计，拆散了马超与韩遂的联盟，挫败了马超。后马超去汉中依附张鲁。刘备围成都时，他密书刘备，请降，刘备遣人迎马超。马超遂将兵径至成都城下。城中震怖，刘璋稽首投降。刘备为汉中王时，拜马超为左将军。公元222年病故，谥威侯。

严 颜

（生卒年不详）

原为益州牧刘璋部下，任巴郡太守。刘璋迎刘备入蜀攻张鲁时，严颜不以为然，拊心叹曰："此所谓独坐穷山，放虎自卫地。"后刘备果然从前线回师攻成都，又令诸葛亮、张飞从荆州溯江分定郡县。张飞至江州，破巴郡，生擒严颜。张飞呵责严颜："何以不降？"严颜回答："卿等无状，侵夺我州，我州但有断头将军，无有降将也！"（《三国志·蜀书·张飞传》，下同）张飞大怒，令左右牵去砍头。严颜面不改色，回道："砍头便砍头，何为怒邪！"张飞壮而敬之，为之解缚，并引为宾客。后严颜帮助张飞平定州县，所过战克，很快与刘备会师成都。

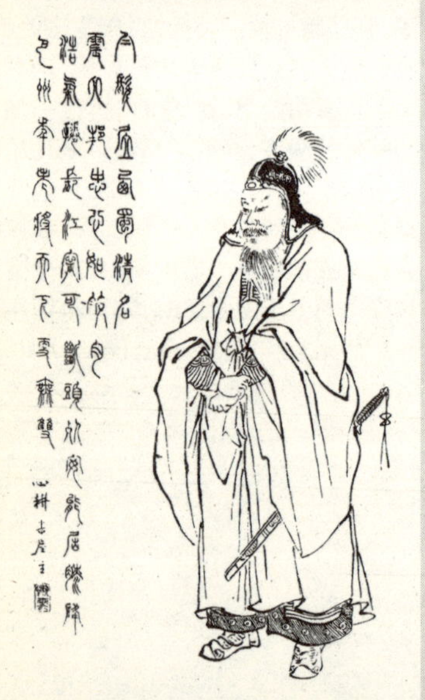

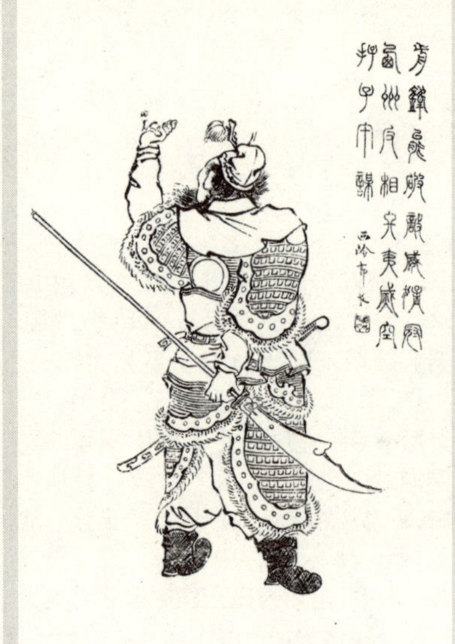

魏 延

（？ ~公元234年）

字文长，义阳人。《三国演义》说，魏延原是长沙降将，"脑后有反骨" 等，全与史实不符。他原是刘备荆州时的私人部曲，一直跟随刘备。刘备入蜀，以他为牙门将军。在西定巴蜀、北战汉中的战役中，屡建战功。后被破格提升为镇远将军，领汉中太守。他镇守汉中多年"界临强魏，而敌不敢犯"（《三国志·蜀书·魏延传》，下同）。刘备死后，他跟诸葛亮北伐中原，曾献策用奇兵出子午谷直袭长安，诸葛亮出于谨慎，未予采纳。后因大破魏雍州刺史郭淮，迁征西大将军，封南郑侯。魏延"勇猛过人，又性矜高"，与诸葛亮长史杨仪不和，两人"有如水火"。诸葛亮死后，与杨仪争权，杨仪借口魏延不听丞相遗命，设计杀了魏延。杨仪后又居功自傲，萌生反叛念头，事发自杀。

马 岱

（约公元178 ~ 234年以后）

马超从弟，随马超入蜀。公元222年马超死时上疏刘备云："臣门宗二百余口，为孟德所诛略尽，惟有从弟岱，当为微宗血食之继，深托陛下，余无复言。"（《三国志·蜀书·马超传》）后随诸葛亮北伐中原，诸葛亮死后，长史杨仪与大将魏延内讧，马岱受杨仪命率兵追斩魏延。《三国演义》据此演绎，谓："魏延反，马岱斩。"马岱后位至平北将军，封陈仓侯。

法 正

（公元176～220年）

字孝直，扶风郿县人。原为益州牧刘璋军议校尉，赤壁之战后，奉刘璋命去荆州与刘备联络。公元211年，刘璋为抗拒张鲁，又遣法正去荆州迎刘备入蜀。法正乃建议刘备乘刘璋懦弱，相机取蜀。公元214年刘备依法正之谋，从汉中回师围成都，法正则在城内力劝刘璋向刘备投降。刘备得益州后，封法正为扬武将军，任之为蜀郡太守。公元217年，法正又建议刘备率军北上与曹操争夺汉中，刘备采纳法正意见，与法正进兵汉中。刘备与曹军争战时，矢如雨下，部下劝其退后，刘备不肯，法正乃趋前为刘备挡箭，刘备让其避箭，法正不肯退，刘备只好与法正俱去。刘备得汉中后，自立为汉中王，以法正为尚书。次年，法正病亡，谥翼侯。公元221年，刘备决计伐吴，诸葛亮、赵云力谏不从。结果蜀军大败，还住白帝城。此时诸葛亮想起法正，叹曰："法正若在，必能制主上，令不东行。"（《三国志·蜀书·法正传》）

张 松

（? ～公元213年）

原为益州牧刘璋别驾。曹操南下荆州，刘琮投降。刘璋闻讯遣张松向曹操致贺。张松身材短小，放荡不治节操，曹操不重视他。曹操的主簿杨修以曹操撰写的兵书给张松看，张松在饮宴间一看便能暗诵。杨修大惊，回告曹操，曹操仍不理会。张松见曹操矜伐自骄，归来后向刘璋疵毁曹操，并建议刘璋自结刘备。刘璋乃遣法正去荆州见刘备。公元211年，又建议刘璋派法正迎接刘备入蜀。公元212年，张松密书建议刘备早取益州。此事为其兄张肃知晓，乃向刘璋举报。刘璋收斩了张松，并令关戍诸将，"勿复关通"刘备。刘备大怒，一面从汉中回师，一面令诸葛亮、张飞各率兵溯江而上，合攻成都。公元214年刘璋出降，益州为刘备占领。

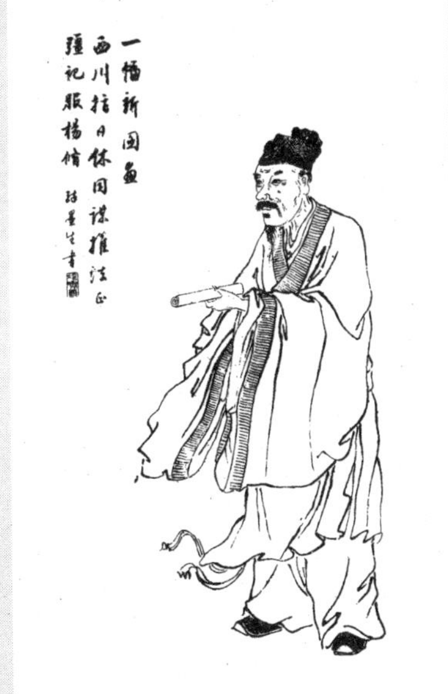

马 谡

（公元190～228年）

字幼常，襄阳宜城人，荆州名士马良之弟。刘备领荆州时为从事。后跟随刘备入蜀，任绵竹令、越嶲太守。马谡才器过人，好论军计，为诸葛亮所器重。刘备临死前，有言："马谡言过其实，不可大用"（《三国志·蜀书·马良传》，下同）。诸葛亮不以为然，仍"以马谡为参军，每引见谈论，自昼达夜"。公元225年，益州南部西南夷反，诸葛亮率兵南征。马谡建言，"用兵之道，攻心为上"。建言符合诸葛亮"隆中对"中南抚夷越的思想，受到重视。后诸葛亮用"七擒七纵"策略，收服夷族渠帅孟获。公元228年，诸葛亮兵出祁山时力排众议，独拔马谡为先锋，马谡虽善谈兵法却无实战经验。临阵，不听副将王平意见，统部众山上列阵，被曹魏大将张郃击破，士卒离散。诸葛亮进退无据，退军还汉中。马谡下狱死，诸葛亮为之流涕。

孟 获

（生卒年不详）

建宁人，蜀汉西南夷渠帅。刘备夷陵之战失败后，他与建宁地方豪强起兵反对蜀汉政权，益州南部西南夷聚居的郡县相继叛乱。公元225年，诸葛亮率兵南征。曾在越嶲做过太守的马谡熟悉蛮夷情况，他向诸葛亮建议对西南夷用兵，应以攻心为上。建言与诸葛亮“隆中对”的南抚夷越思想一致。所以诸葛亮在南征战役中，采取“七纵七擒”的策略，折服了孟获。据《汉晋春秋》记载，孟获在第七次被纵时，对诸葛亮说：“公，天威也，南人不复反矣。”诸葛亮班师时，仍用孟获和其他渠帅管理西南夷各郡，不留兵、不留官，亦不征粮，而夷汉相安，不再动乱。孟获后官至蜀汉御史中丞。

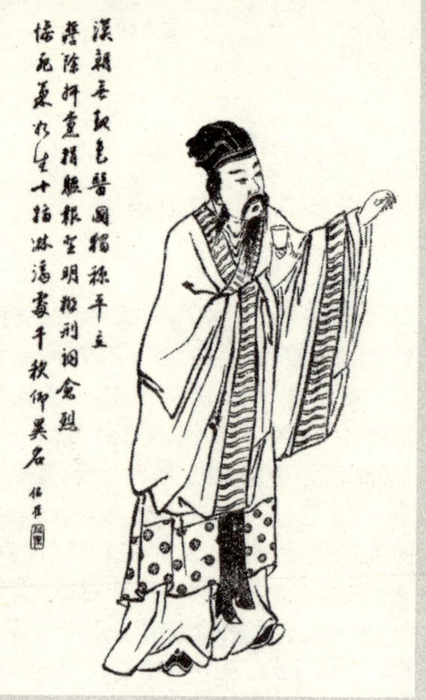

吉 平

（生卒年不详）

《三国志·魏书·武帝记》载有建安二十三年春发生在许都的一件大事：“汉太医令吉本（按：据《魏书考证》卷一，这吉本另本作吉平）与少府耿纪、司直韦晃等反，攻许，烧丞相长史王必营，必与颍川典农中郎将严匡讨斩之。”吉平家世及生卒年均不详。太医令是给汉献帝与妃嫔、重臣看病的医官，建安二十三年即公元218年，是刘备、关羽发动汉中战役和樊襄战役的前夕，吉平联络了一大批人，在首都造反，烧了丞相长史的军营，尽管事端很快平息，但天下为之震动。《三国演义》据此演绎了“吉（平）太医下毒遭刑”一回，只是把这一重大事件前移至建安五年（公元200年），使之与董承、刘备等密谋反叛曹操事件联系在一起。但无论在《三国志》或《三国演义》中，太医吉平都是坚定的反曹人物。

马 腾

（？ ~公元212年）

字寿成，扶风茂陵人。东汉名将马援之后裔，原为凉州刺史军司马。东汉末与韩遂等起兵割据凉州，后为曹操征调入朝，为卫尉。其子马超代领其部。公元201年曾在钟繇统帅下，击破袁绍盟军高幹、郭援。公元211年马超联络关中、陇西地方武装反对曹操，马腾坐死，夷三族。

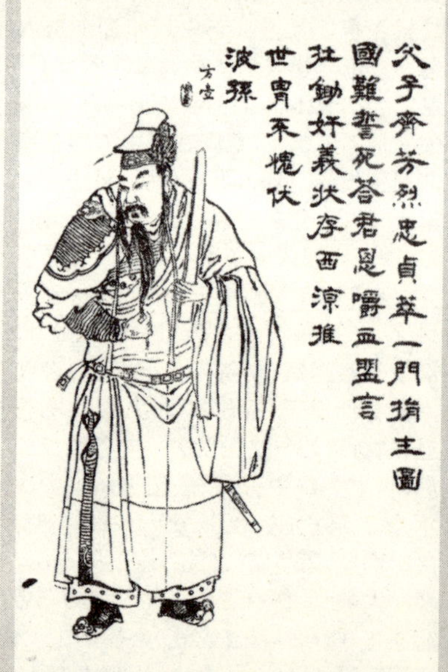

姜 维

（公元202～264年）

字伯约，天水冀县人。原为魏天水郡从事。诸葛亮初出祁山时归蜀汉。诸葛亮认为他是凉州上士，“心存汉室，才兼于人”（《三国志·蜀书·姜维传》），任之为中监军平西将军。诸葛亮死后，统诸军，封平襄侯。公元234年率军大破魏雍州刺史王经，灭敌数万。次年，迁大将军。此后，又屡次兴兵北伐，但成效不大。公元263年魏将邓艾、钟会兴兵伐蜀，姜维在剑阁拒钟会，钟会不能进，将还归。但邓艾却偷渡阴平小道，直下成都平原。诸葛亮子诸葛瞻督军绵竹，奋力抵御，最后战死。后主刘禅出降。姜维亦奉命引军降钟会。公元264年，姜维策动钟会叛魏，并待机恢复蜀汉，引起魏军将士愤怒，纷起反抗，钟会与姜维均遭杀害。

孙 坚

（公元155～191年）

字文台，吴郡富春人。他是春秋兵圣孙武后裔，早年曾为县吏，郡司马。后任盐渎、盱眙、下邳三县县丞。“所在有称，吏民亲附”（《三国志·吴书·孙坚传》）。黄巾起义后，孙坚为中郎将朱儁佐军司马，因破黄巾有功迁别部司马。关东义军讨董卓时，孙坚归属袁术，封破虏将军，为义军先锋。他是义军中作战最英勇的部队，曾大破董卓，斩其都督华雄，并进军洛阳。公元191年袁术命孙坚征讨荆州刘表。刘表遣大将黄祖拒守，初战告捷，黄祖败走，窜岘山中，孙坚单骑追赶，被黄祖军士射杀。

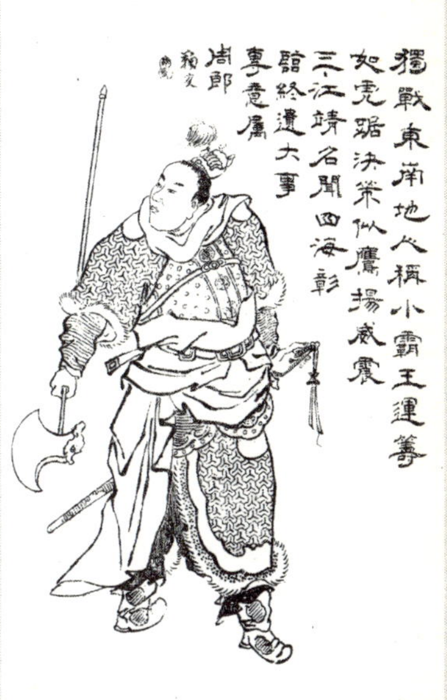

孙 策

（公元175～200年）

字伯符，吴郡富春人。孙坚长子。孙坚死时，他十七岁，乃去袁术处，收领其父旧部。公元195年，率部渡江争夺江东，转战于吴、会稽等五郡，所向皆破，后自领会稽太守。又与好友周瑜、鲁肃、张昭等夺取庐江郡，在江东建立孙吴政权。孙策少年创业，其母吴夫人，助其治军国。孙策乱杀人，不听教训，其母乃倚井欲投。孙策大惊，从此不敢妄杀。袁术僭号称帝，孙策致书斥责并与之绝交。曹操因而表之为讨逆将军，封吴侯。但孙策并不依附曹操。官渡之战时，他曾想起兵袭击曹操。兵未发，而遭故吴郡太守门客许贡暗杀，享年二十六岁。

于 吉

（生卒年不详）

东汉顺帝（公元125～144年在位）时，道士，琅琊人。在曲阳泉水上得《太平清领书》，即《太平经》。其中一些章节主张人人劳动，反对酷政虐行与过度剥削，其徒将书献给汉顺帝，不用。汉桓帝（公元146～167年在位）时，朝臣襄楷又向皇帝推荐此书，亦未引起重视。公元200年汉献帝时，又有道士于吉者来吴郡宣扬太平道，并以符水给众人和军士治病，信徒甚多。孙策在楼上集会诸将宾客，于吉来到门下，与会者竟纷纷下楼迎拜，禁呵不止。孙策以其妖妄惑众，令人收之，众人连连乞救，孙策不允，反而催人斩之。但这个于吉与上面献书的于吉已相隔七八十年，两者是否一人，不详。《三国演义》据此演绎为“小霸王怒斩于吉”。小霸王是《三国演义》作者给孙策的称号，史书《三国志·吴书·孙策传》中并无此名号。

孙 权

（公元182～252年）

字仲谋，吴郡富春人。孙策之弟。孙策在占据江东会稽、吴、丹阳、庐江、豫章、庐陵六郡之后死去，遗命由孙权继位。他受命之初，困难重重，部下有观望者、有背叛者。他团结孙策旧部，招揽人才，稳定了人心。然后出奇兵平定庐江叛乱，剪除各郡不服者。公元208年，曹操亲率大军南下，要与孙权“会猎于吴”。孙权临危不惧，联合刘备，在赤壁之战中大败曹操，与魏、蜀形成鼎足而立的局面。以后又从关羽手中夺取了荆州，并在夷陵之战中大败刘备。公元229年称帝于武昌，史称吴大帝。晚年因性格变态而妄杀大臣。且又赋税繁重、刑法严厉，引起人民反抗。公元252年病死，谥号吴大帝。

孙 皓

（公元242～284年）

字元宗，孙权之孙。吴国的亡国皇帝。公元264年被迎立为帝。他为人残暴骄盈，忠谏者诛，谗谀者进，动辄以杀人取乐。每宴群臣，即令各奏缺失，迕视谬言者，即加威刑。后宫数千，犹嫌不足，仍采择无已。宫人稍不合意，或杀流，或剥人面、或凿人之眼。又好兴功役，民众患苦。一次其爱妾使人至市夺百姓财物，被司市中郎将法办，孙皓大怒，竟用烧红锯条将中郎将头颅锯断。公元280年，晋武帝发兵攻吴，吴军“土崩瓦解，靡有御者”，孙皓只好遣使奉书求降。国灭，封归命侯。

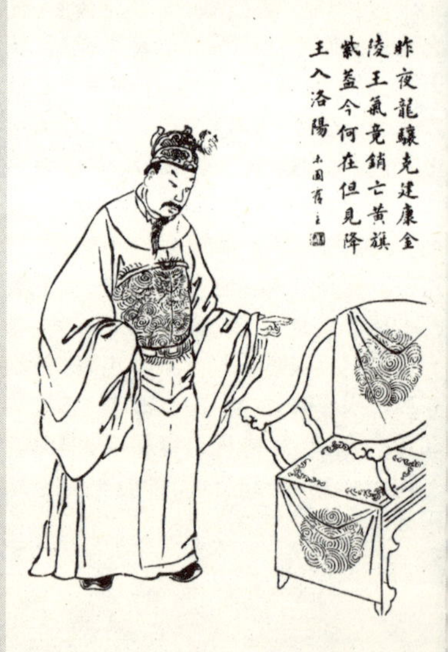

周瑜

（公元151～210年）

字公瑾，庐江舒县人。吴国青年军事统帅，人称周郎。与孙策为同年好友。曾随孙策平定江东诸郡，授建威中郎将。策死后，与长史张昭辅佐孙权，任前部大督。公元208年，曹操得荆州，欲引兵渡江，与孙权交战。一些大臣建议投降，他与鲁肃坚决主张联合刘备，共同抗敌。赤壁之战中，亲率水陆两军大破曹操。又与曹军大将曹仁大战于南郡，战斗中负伤，翌年病亡。他精于音乐，虽醉酒，仍能知音，有误必顾。故时人谣曰：“曲有误，周郎顾。”

二乔

（生卒年不详）

即三国时庐江郡皖县乔公之二女，皆国色。公元199年孙策攻皖县时娶姐大乔为妻，同孙策一起攻取皖县的周瑜娶妹小乔为妻。周瑜高兴地说：“乔公二女虽流离，得吾二人作婿亦足为欢。”（《三国志·吴书·周瑜传》引《江表传》）《三国演义》据此演绎，说曹操攻打东吴是为了收揽二乔于铜雀台。并举曹植《铜雀赋》“揽二乔于东南”句为证。事实上曹操攻打东吴在公元208年，曹操筑铜雀台是在公元210年，即赤壁兵败之后，他怎么还能收揽二乔呢？曹植《铜雀赋》作于公元212年，原赋中亦没有“揽二乔于东南”这句话。

鲁肃

（公元172～217年）

字子敬，临淮东城人。吴国名臣。家富于财，豪侠好施。早年与周瑜结好，后由周瑜引见孙权，与孙权吴中对话，献据江东、占荆州、竞长江、建帝号，以图天下之策，受到孙权重视。荆州牧刘表死，曹操南征，鲁肃又排除众议，向孙权献联合刘备、坚决抗敌之方略。孙权接受了他的建议，任之为赞军校尉，协助吴军统帅周瑜大破曹操于赤壁。周瑜病重时上书举荐鲁肃，孙权即按周瑜意见，拜鲁肃为奋武将军，代周瑜领兵。公元209年为汉昌郡太守。公元214年出兵与关羽争夺长沙、零陵、桂阳三郡，后双方割湘水为界，各自罢军，公元217年病亡于军中。

诸葛瑾
（公元174～241年）

字子瑜，琅琊阳都人。诸葛亮之兄。东汉末避难江东，得孙权信任，为长史。经常以各种方式谏喻孙权，纠正孙权的错误。因其弟为刘备重臣，有人以此离间他与孙权关系，孙权说：“孤与子瑜有死生不易之誓，子瑜之不负孤，犹孤之不负子瑜也。”（《三国志·吴书·诸葛瑾传》）他曾与吕蒙一起征讨关羽，后以绥南将军代吕蒙领南郡太守，驻公安。孙权称帝后，拜大将军，领豫州牧。其子诸葛恪，少年聪明，孙权“器异”之，诸葛瑾却谓他非保家之子，每以忧戚。公元241年病故。

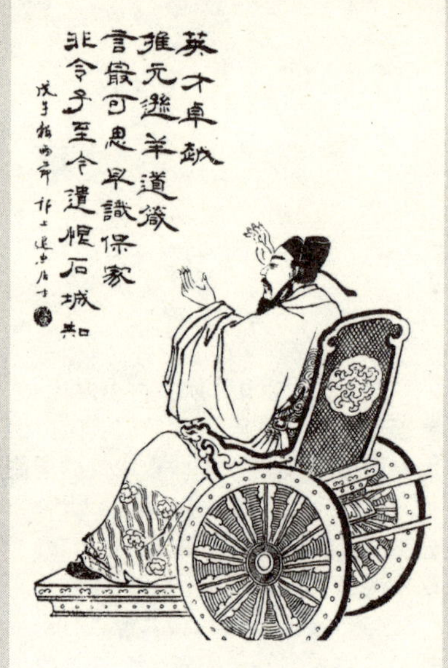

诸葛恪
（公元203～253年）

字元逊，琅琊阳都人。吴国名臣诸葛瑾长子。少年聪慧，思维敏捷。其父面长似驴，孙权会君臣，使人牵驴来，驴面题字“诸葛子瑜”，诸葛恪乞笔，在“诸葛子瑜”下续“之驴”两字，举座欢笑。公元234年，拜抚越将军，领丹杨太守。因治郡有方，迁威北将军，封都乡侯。陆逊死，迁大将军，代陆逊领荆州。孙权病，以诸事相委，诸葛恪妥善处理之，甚合孙权意。孙亮继位后，拜太傅，专国政。公元253年初率兵伐魏，大破魏军。三月又率军伐魏，攻城不克。后因发生疫情，兵卒死者大半，秋引军还朝。冬为皇族孙峻谋害。

吕　蒙
（公元178～220年）

字子明，汝南富陂人。吴国名将。年轻时曾跟随孙权征伐黄祖，率所部击杀黄祖水军都督，因战功，封横野中郎将。赤壁之战中，以奇兵解夷陵甘宁之围，再因战功，位列偏将军。吕蒙文化较低，孙权开导他：“当途掌事，宜学问以自开益。”（《三国志·吴书·吕蒙传》，下同）吕蒙遂立志苦学，几年下来，学问大增。竟能为鲁肃筹划应对关羽计略。鲁肃大惊，称赞他“学识英略，非复吴下阿蒙”。公元213年在濡须迎战曹操，215年奉命西取长沙、零陵、桂阳三郡，建立了功勋。公元217年，鲁肃卒于军，吕蒙代领其众。公元219年关羽北伐曹操，他向孙权密陈偷袭关羽后路计划，采取先示敌以弱，然后白衣渡江，一举战胜关羽军。并在麦城设伏擒杀关羽。荆州定后，任南郡太守，封孱陵侯。不久病死。

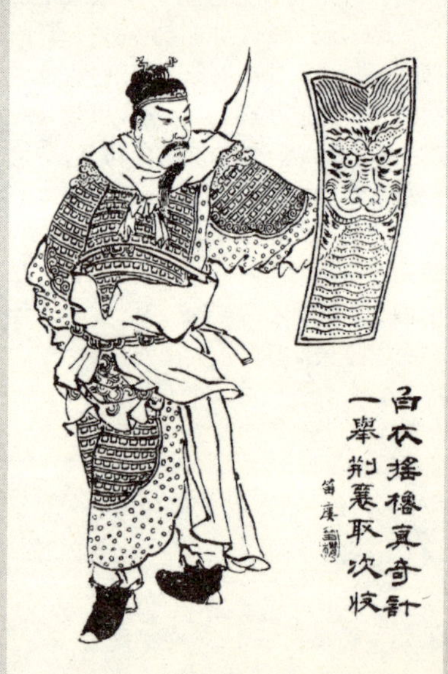

黄 盖

(? ~公元215年)

字公覆，零陵泉陵人。吴国将军。初为郡吏，孙坚起兵时，即跟随孙坚作战，拜别部司马。孙坚死后又跟随孙策、孙权。后转春谷长、寻阳令，历任九县，所在安定。公元208年随周瑜与曹操作战。赤壁之战中用苦肉计伪降曹军，然后用斗舰火攻曹营，大获全胜。因军功，拜武锋中郎将，后又加偏将军，官武陵太守。公元215年病卒于官。

甘 宁

(生卒年不详)

字兴霸，巴郡临江人。少有力气，好游侠。初投黄祖，后归孙权。此人粗猛好杀，然豪爽有计略。赤壁之战和袭击关羽之战中立功，拜西陵太守、折冲将军。曹操进军濡须，他为前部督，夜率精兵袭击曹营，使敌军大乱。公元215年，又跟孙权攻合肥，孙权在津桥北为曹魏大将张辽所袭，处境危急，甘宁等死命保护孙权，使孙权乘骏马越津桥撤回。故甘宁死时，孙权十分痛惜。

陆 逊

(公元183 ~ 245年)

字伯言，吴郡吴县华亭人。吴国名将，江东大族之后。早年任孙权东西曹令史，曾出为屯田都尉，并领县事。在屯田、督农、救灾、治险、平乱各方面都做有成绩。孙权很重视他，以兄孙策之女嫁之。陆逊喜读书、好谋略。关羽北伐时，往见吕蒙，建议吕蒙利用关羽之意骄志逸，出奇兵袭击其后路，以夺取荆州。吕蒙遂向孙权推荐陆逊，孙权乃拜陆逊为偏将军右部督，代领吕蒙驻陆口部队。后协助吕蒙擒杀关羽，克公安、南郡。公元221年，刘备率大军攻吴。孙权命他为大都督，督大将韩当、朱然等五万人于夷陵火烧连营，大败刘备。公元228年，又在石亭大败曹魏扬州牧曹休。公元229年，拜上大将军，后长驻荆州，官至吴国丞相。孙权晚年性格变化，多猜忌，常为一些小事遣人责备陆逊，陆逊郁恚而死。

太史慈

（公元166～206年）

字子义，东莱黄县人。少好学，仕郡，为奏曹史。因得罪州官，避祸辽东。北海相孔融奇其人，遣人照顾其母。黄巾起义时，孔融被围，太史慈冒死救援。后去曲阿投扬州刺史刘繇，曾与孙策遭遇，两人酣斗一场。孙策打败刘繇后，太史慈被俘，孙策亲为解缚，拜折冲中郎将，命其招抚刘繇残部。孙策分六县，托其治理。曹操闻其名招揽之，不去。孙策死后，孙权仍继续任用他，不久病故。《三国演义》作者采其勇斗孙策故事，演绎为“太史慈酣斗小霸王”一回，绘声绘色地写了两个斗将高手马上马下精彩的打斗场面。

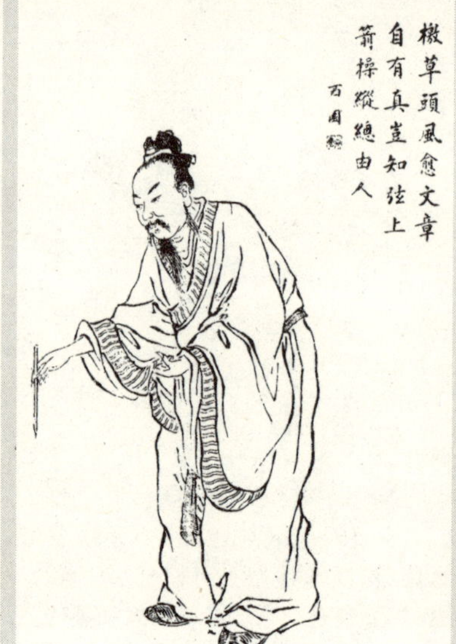

陈　琳

（？～公元217年）

字孔璋，广陵射阳人。三国时期文学家，建安七子之一。原为汉灵帝大臣何进主簿。何进欲引董卓等进京清除宦官，陈琳进谏，谓此举必引狼入室，造成混乱。何进不听，终酿成董卓之乱。陈琳避难冀州，袁绍使典文章。曾为袁绍起草讨曹檄文，斥曹操为“赘阉遗丑”，骂了他祖宗三代。官渡战后，陈琳投降曹操，曹操批评他：“卿昔为本初移书，但可罪状孤而已，恶恶止其身，何乃上及父祖邪！”（《三国志·魏书·陈琳传》）陈琳谢罪，曹操爱其才而不究。后为司空军谋祭酒，管记室。陈琳的文章很有气势，他撰写的文书、檄文，曹操看到好的，都大加赞扬，说陈琳的文章能治他的头痛病。陈琳还会写诗，名篇有《饮马长城窟行》，写人民苦难，真切感人。后人辑有《陈记室集》。

曹　操

（公元155～220年）

字孟德，沛国谯县人。他出身官僚阶层，父为大宦官曹腾的养子。汉灵帝时曾任洛阳北部尉，为官不畏豪强，曾棒杀宦官蹇硕之叔，令豪强不敢犯禁。他在镇压黄巾和讨伐董卓中扩大了自己的武装。公元192年收编黄巾主力编为青州兵，并实行屯田政策。公元195年为兖州牧。公元196年，出兵迎汉献帝至许，并出任大将军，从此“挟天子以令诸侯”。公元198年东征吕布、屠彭城、攻下邳，生擒吕布和陈宫，皆杀之。公元200年，与北方最大的军阀袁绍决战，取得胜利，陆续占领冀、青、幽、并四州，统一了北方。公元207年又北伐乌丸、南攻荆州，均取得胜利。公元208年赤壁之战中，被孙权、刘备的联军打败。公元216年封魏王。公元219年出兵与刘备争汉中，兵败。次年病亡。曹操精兵法，著《孙子注》，又善诗文，有《曹操集》传世。

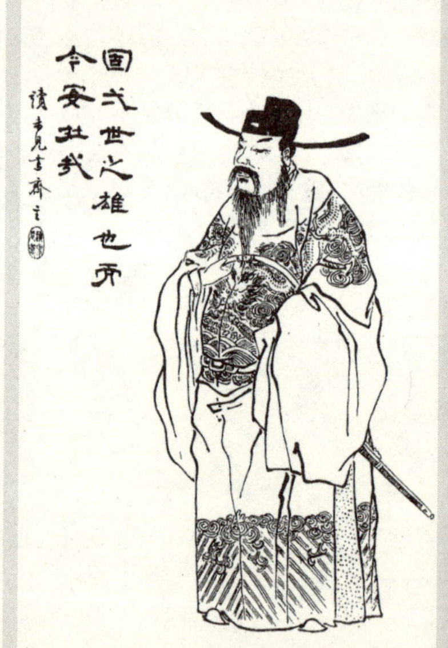

左 慈

（生卒年不详）

东汉末道士，字元放，庐江人。张华《博物志》说，曹操喜欢招集方士宴谈，左慈亦在其中。《典论》说，左慈善养生补导之术。《三国志》关于左慈的记载很少。但《后汉书·方术列传·左慈传》中关于左慈的记载颇多。如左慈"常在司空曹操坐，操从容顾众宾曰：'今日高会，珍羞略备，所少吴松江鲈鱼耳。'左慈当即应曰：'此可得也。'因求铜盘贮水以竹竿饵钓于盘中，须臾引一鲈而出"。又如曹操要杀左慈，左慈"郤入壁中。复逐之，遂走入羊群"。《三国演义》据此写左慈用法术惩治曹操，让曹操得了头痛病。

华 佗

（? ~公元208年）

字元化，沛国谯人，东汉末名医。精通内、外、妇、儿各科，善针灸。用所创麻沸散，为人开刀治病。《三国志·魏书·方技传》记，饮其麻沸散者，"须臾便如醉死无所知，因破取。若病在肠中，便断肠湔洗，缝腹膏摩，四五日差不痛，人亦不自寤，一月之间，即平复矣"。又创"五禽戏"，增强人之体质。曹操苦头痛，常召在左右，华佗用针鬲，随手而愈。他不愿专为一个人看病，又久远离家思归，乞假而回。到家后，即不再来。曹操又病，再三催之，辞以妻病，不上道。曹操使人查检不实，乃收送入监，后死于狱中。《三国演义》写华佗因与关羽情熟，在为曹操治病时，寻机为关羽报仇，并为此而下狱云云，均与史实不符。

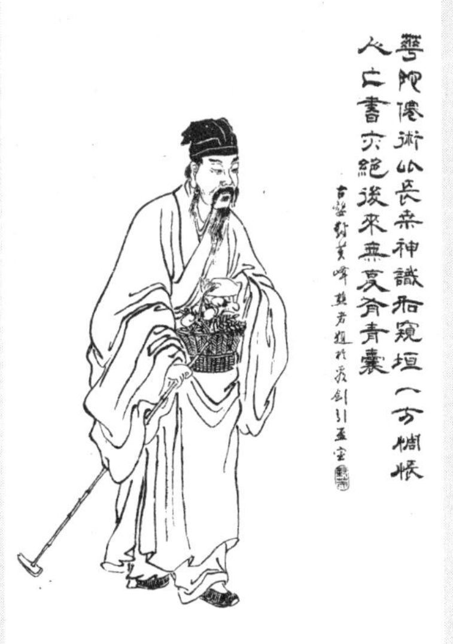

曹 丕

（公元187～226年）

即魏文帝，字子桓，沛国谯县人。曹操次子。公元188年为五官中郎将、副丞相。公元220年初，曹操死，袭位魏王。十月，逼汉献帝禅让，十月二十九日登基为皇帝，国号魏，年号黄初。封汉献帝为山阳公。公元223年南攻孙权，诸军并进，孙权临江拒守。曹丕至广陵，自江西望。是岁大寒，水道冰，舟不得入江，乃还。曹丕登基后，改曹操"唯才是举、限制豪强"的方针，行九品中正制，维护士族特权。公元226年病逝于洛阳宫。曹丕爱好文学，作品有《燕歌行》等，文学理论著作有《典论》。后人辑有《魏文帝集》。

曹　彰

（公元189～223年）

字子文，曹操第三子。少即善射御，膂力过人。曹操问其志，答：“好为将。”公元216年封鄢陵侯。218年为北中郎将，率兵北征乌丸。临战，身先士卒，大破敌骑，斩获以千数。鲜卑大人轲比能请降，北方悉平。去长安见曹操汇报，归功诸将，曹操大喜。说：“黄须儿竟大奇！”曹丕即位后进爵任城王。公元223年朝京都时病死。

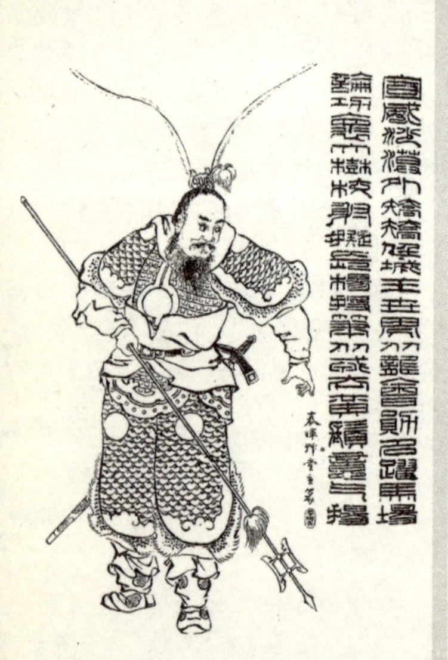

郭　嘉

（公元170～207年）

字奉孝，颍川阳翟人。原为袁绍谋士，认为袁绍“多端寡要，好谋无决，欲与共济天下大难，定霸王之业，难矣！”（《三国志·魏书·郭嘉传》，下同）遂去。后由荀彧推荐见曹操，曹操认为此人必能助其成大业，任之为司空军祭酒。征吕布时，士卒疲，曹操欲归还，郭嘉分析敌我态势认为应急攻之，遂擒吕布。官渡战前，郭嘉认为袁绍有十败，曹操有十胜，为曹操制定克敌制胜策略。官渡战后，他已身染重病，但仍勉力行军，为曹操北征乌丸献计策。郭嘉死后，曹操痛哭。赤壁战败时，叹道：“郭奉孝在，不使孤至此。”

荀　彧

（公元163～212年）

字文若，颍川颍阴人。原系袁绍谋士，后认为袁绍不能成大事，乃离袁绍而从曹操。曹操大喜，谓：“吾之子房也。”公元190年，曹操率军伐陶谦，荀彧留守兖州，张邈、陈宫联合吕布反叛，荀彧施展计谋，为曹操保住了一块地盘。公元196年荀彧建议曹操迎献帝，从此，曹操取得了“挟天子以令诸侯”的地位。官渡战时，荀彧为曹操分析敌势，坚决支持曹操与袁绍战斗。在紧要关头，曹操打算撤军，荀彧远从许都给曹操写信，告诉他在紧要关头，不能动摇，轻易撤退，必将引起全面崩溃。曹操这才决计将战争进行到底。官渡战后，曹操论功行赏，欲表荀彧为三公，荀彧坚决辞让。后因反对曹操进爵国公，引起曹操不满。公元212年以忧郁死。

荀 攸

（公元157～214年）

字公达，颍川颍阴人。汉灵帝时以海内名士身份被征为黄门侍郎。曹操迎汉献帝后，任之为汝南太守。公元196年任曹操军师。公元198年从曹操征吕布，攻之不下，士卒疲劳，曹操欲退，荀攸与郭嘉认为吕布锐气已衰，急攻之，必可胜，终擒吕布。官渡之战中为曹操划策斩颜良、诛文丑。许攸来降，献计偷袭袁绍粮仓，众人皆疑，唯荀攸与贾诩劝曹操采纳之。荀攸为曹操前后划奇策有十二起。曹操称道：军师荀攸“无征不从，前后克敌，皆攸之谋也”（《三国志·魏书·荀攸传》）。公元214年从征孙权，中途病亡，曹操哀伤不已，言则流涕。

杨 修

（公元175～219年）

字德祖，弘农华阴人。汉太尉杨彪之子。好学博闻，才思敏捷。建安年间任曹操主簿，“是时，军国多事，修总知外内，事皆称意”（《三国志·魏书·曹植传》，下同）。与曹丕弟曹植气味相投，交从甚密。曹操对曹丕、曹植均曾寄予厚望。曹植才华杰出，特宠爱。攻孙权时，令为留守，几次欲立为太子。后因曹植任性而行，又饮酒不节，宠爱见衰。而曹丕能矫情自饰，遂定以为嗣。曹操担心两兄弟在他死后争位内讧，而曹植之党羽杨修又“颇有才策”，为消除隐患，乃“以罪诛修”[注]。

[注]据《九州春秋》载：“时王欲还，出令曰‘鸡肋’，官不知所谓，主簿杨修便自严装。人惊问修：‘何以知之？’修曰：‘夫鸡肋，弃之如可惜，食之无所得，以比汉中，知王欲还也。’”

贾 诩

（公元147～223年）

字文和，武威姑臧人。年轻时即有“良平之奇”的称誉。原在董卓军任职，后为张绣军师。官渡之战时，力劝张绣降曹操，得到曹操重用。袁绍与曹操战官渡，曹操粮尽欲退。贾诩曰：“公明胜绍，能胜绍，用人胜绍，决机胜绍……必决其机，须臾可定。”（《三国志·魏书·贾诩传》，下同）官渡胜后，贾诩为太中大夫。曹操与韩遂、马超战于渭南，贾诩献“离”字计，遂破韩遂、马超。曹操后嗣不定，曹丕、曹植各有党羽，向计于贾诩，贾诩不语。再问，谓“适有所思”，又问：“何思？”答：“思袁本初、刘景升父子也。”曹操大笑，太子遂定。曹丕即位，以之为太尉。公元223年病亡，谥肃侯。

曹　洪

（？～公元232年）

字子廉，沛国谯县人。曹操从弟，随曹操起义兵讨董卓，荥阳兵败时，舍马救曹操。后到扬州募兵，得数千人与曹操会合。又随曹操攻张邈、吕布、刘表，以前后功迁骠骑将军，封野王侯，食邑特多。魏明帝时拜后将军，进封乐城侯。

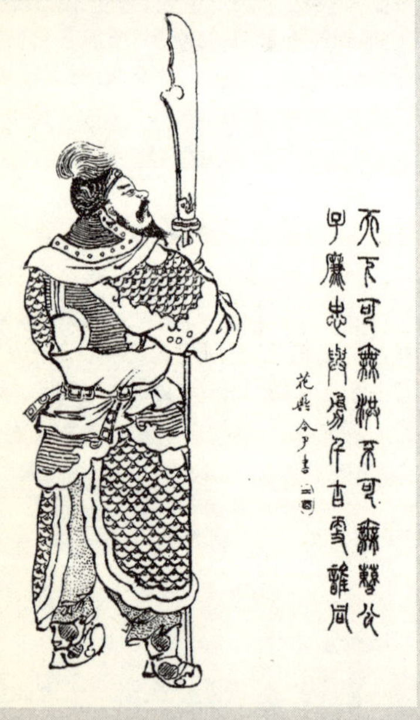

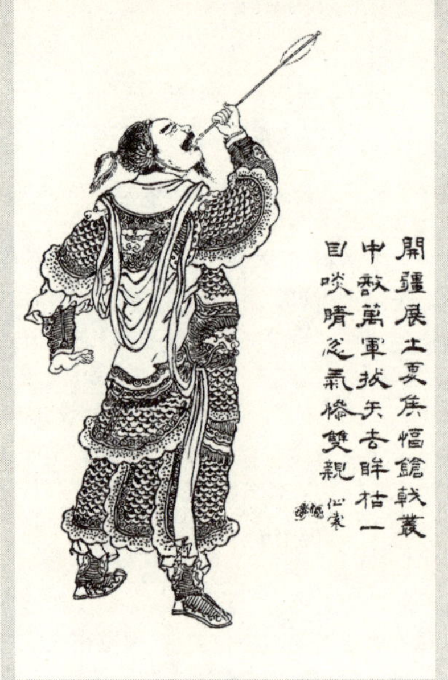

夏侯惇

（？～公元220年）

字元让，沛国谯县人。西汉名将夏侯婴之后，东汉末随曹操参与镇压黄巾起义和讨伐董卓，常为裨将，迁折冲校尉，领东郡太守。后又从曹操讨伐吕布，为矢中，伤左目。领陈留、洛阳太守。时天旱，乃率将士，身自负土、修水库、种稻。又从曹操平定袁绍，迁伏波将军。赤壁战后，都督二十六军守居巢。夏侯惇性清俭，关心民生，系曹操最亲近的将军。曹丕即位后，拜大将军，不久病死。

夏侯渊

（？～公元219年）

字妙才，沛国谯县人。夏侯惇族弟。东汉末随曹操参与镇压黄巾起义和征讨董卓，为别部司马、骑都尉。曾任陈留、颍川太守。官渡之战中，负责传送军粮，保证了军事斗争之胜利。后从曹操攻打马超、韩遂。作战勇猛，但缺少智谋。公元215年任征西将军，镇守汉中，在定军山战役中，为蜀将黄忠所杀。其子夏侯霸之女为蜀将张飞妻，产一女为后主刘禅皇后。公元260年魏大将军司马昭举行宫廷政变，杀曹爽宗族。夏侯霸逃归蜀国，刘禅见之，厚加爵宠。

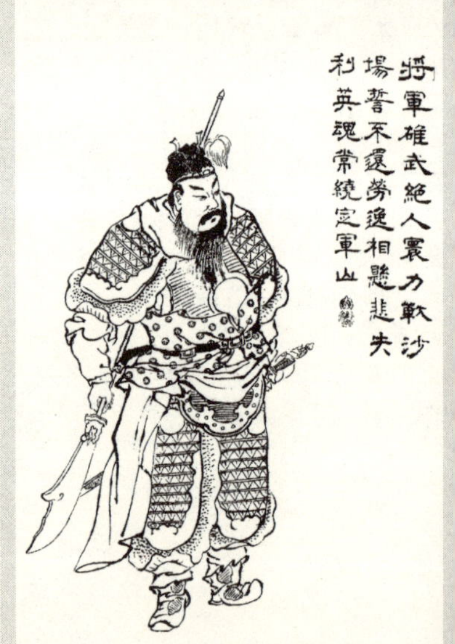

张 辽

（公元169～222年）

字文远，雁门马邑人。少为郡吏，后为并州刺史丁原从事，转为吕布战将。曹操破吕布，归曹操，拜中郎将。官渡之战中因军功迁荡寇将军。在北征乌丸战役中，手斩乌丸单于蹋顿，再立战功。公元215年，张辽与乐进、李典率七千兵屯合肥。孙权合十万众围之，张辽率八百敢死队突袭孙权，猛冲至孙权麾下，孙权大惊。后孙权率大军攻城十余日，城不可拔，乃引退。曹操到合肥参观张辽作战处，大为感叹，封张辽为征东将军。曹丕即位，遣张辽与曹仁率军攻吴，破吴将吕范。不久，病死军中。

徐 晃

（？～公元227年）

字公明，河东杨县人。初为郡吏，从车骑将军杨奉。公元196年曹操派兵迎汉献帝时归曹操。后从曹操战袁绍，破袁绍大将文丑，因功拜裨将军。又从曹操南下荆州，战关羽于汉津、击周瑜于江陵。公元219年，关羽发兵围曹仁，徐晃奉命率兵救援，击退关羽。曹操赞其“有周亚夫之风”。曹丕称帝时，令徐晃攻蜀军于上庸，破之。公元226年，又率兵破吴诸葛瑾、张霸于襄阳。翌年，病故。

典 韦

（？～公元198年）

陈留已吾人。形貌魁梧，膂力过人。原为张邈部下，后归曹操。曹操与吕布大战时，战况激烈，典韦重衣两铠，手持十余戟，大呼对敌，所抵无不应手倒地。后为曹操近侍。公元198年曹操至宛城攻打张绣，张绣先降后叛，夜袭曹营，典韦死力保卫曹操，以长戟左右击敌，双挟两人击杀之，余者不敢进。短兵接战，受创数十，复前突进，创重发，瞋目大骂而死。曹操突围逃走，闻典韦死，为之流涕。募人取其尸哀祭之。

许 褚

（？～约公元227年）

字仲康，沛国谯县人。体貌雄伟，勇力绝人。东汉末黄巾起义时，他聚合宗族坚壁抗拒。曹操见而壮之，谓："此吾樊哙也。"即日拜都尉，引为宿卫。后从曹操攻打张绣，临阵先登，迁校尉。官渡之战，力战有功。与韩遂、马超混战时，从危难中救出曹操。军中号称"虎痴"。累迁武卫中郎将、中坚将军。曹丕即位，封万岁亭侯、武卫将军。明帝即位，进封牟乡侯。

庞 德

（？～公元219年）

字令明，南安狟道人。少为郡吏，后随马腾起兵平定羌氐叛乱，迁校尉。再随马超攻打袁谭之盟军郭援，为先锋，因斩郭援有功，拜中郎将。曹操攻打汉中时，投曹操，拜立义将军。公元219年驻守樊城，与曹仁一起与关羽交战，用箭射中关羽面额。会遇汉水泛滥，兵败被俘，为关羽所杀。

张 郃

（？～公元231年）

字儁义，河间鄚县人。东汉末从冀州牧韩馥，为军司马。后归袁绍，为校尉，与公孙瓒作战中功多，迁宁国中郎将。官渡之战，袁绍兵败，张郃乃归曹操。拜偏将军，击袁谭、讨乌丸、破马超、攻张鲁、战刘备，军功累累。曹丕即位，封为左将军，晋爵都乡侯。曹叡即位，率军抵御诸葛亮，在街亭大败蜀将马谡。拜征西车骑将军。公元231年，诸葛亮复出祁山，张郃中埋伏，被飞矢击中右膝，死。

曹 真

（约公元182～231年）

字子丹，沛国谯县人。曹操初起时，其父为曹操募兵时被杀，遂为曹操收养。年轻时即骜勇超群，曹操使将兵攻灵丘，拔之，封灵寿亭侯。攻汉中时率兵围刘备别将，破之，迁中坚将军。曹丕即王位，以其为镇西将军，督雍凉诸军事。诸葛亮初出祁山时，曹真遣大将张郃击破马谡于街亭。此事在《三国演义》中，归功于司马懿。后以大司马率大军攻蜀，会大雨三十余日，退军。曹真治军有方，征战中与将士同劳苦，士卒愿为用。

钟 会

（公元225～264年）

字士季，颍川长社人。钟繇幼子。司马昭总统大军东讨毌丘俭，钟会谋谟帷幄。公元263年与邓艾分军攻取蜀汉。翌年，因与姜维密谋叛乱，为魏军军士所杀。钟会长刑名之学，著有《道论》二十篇。

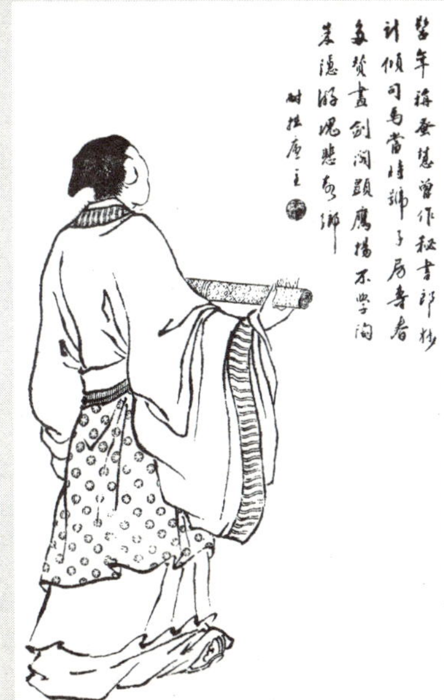

邓 艾

（公元197～264年）

字士载，义阳棘阳人。原为司马懿文吏，曾建议在两淮实行屯田，广开漕渠，“使江淮之间，资食有储而无水害”（《三国志·魏书·邓艾传》，下同）。后因破叛将文钦，进封方城乡侯，行安西将军。公元256年，以镇西将军都督陇右诸军抗拒姜维。公元262年，破姜维于侯和，姜维退保沓中。公元263年受大将军司马昭节度，与钟会等分兵攻蜀。他乘钟会与姜维战于剑阁之时，从阴平行无人道七百余里，直趋成都，蜀汉后主刘禅遣使请降。邓艾兵入成都，深自矜伐，骄态毕露。司马昭告他“事当须报，不宜辄行”，他答：“春秋之义，大夫出疆，有可以安社稷、利国家，专之可也。”钟会等密报邓艾“言行悖逆”。诏书：“槛车徵艾”。钟会奉诏至成都，先槛车送邓艾去京，然后与姜维起兵谋反，引起魏军兵士愤怒，起而杀之。邓艾在送京途中，亦被杀。晋武帝司马炎登基后，下诏为邓艾平反。

羊　祜

（公元221～278年）

字叔子，泰山南城人。蔡邕外孙。为大将军司马昭征辟为给事中，继拜相国从事中郎，迁中领军，宿卫，执掌近卫军。司马炎称帝后，以佐命之勋进中军将军。公元269年，司马炎为灭吴，以之为都督荆州诸军事，出镇襄阳。在镇十年，屯田、储粮，为灭吴准备物资，使荆州由军无百日之粮，变成军有十年之积。吴国派陆逊之子、大将军陆抗镇守荆州，与羊祜对抗，双方互通使节、各守分界。羊祜又推荐王濬监益州诸军事，建议他修舟楫，为水军顺流攻吴作准备。公元278年积劳成疾，疾渐笃，仍不忘灭吴的大业，特举将军杜预自代。羊祜死后两年，他所引举的杜预、王濬终于奉晋武帝命，发兵灭吴，完成了他未竟之志。

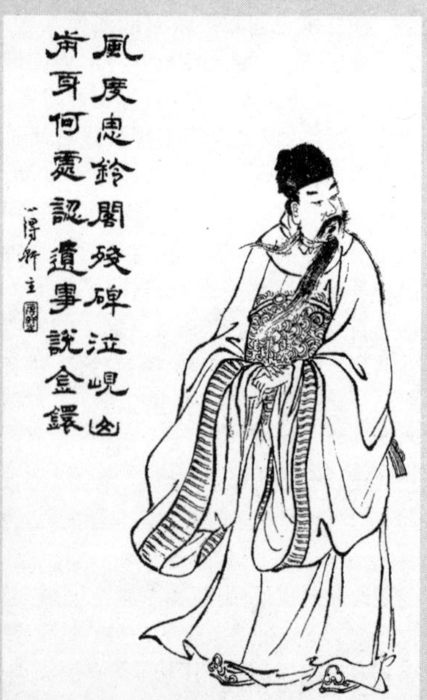

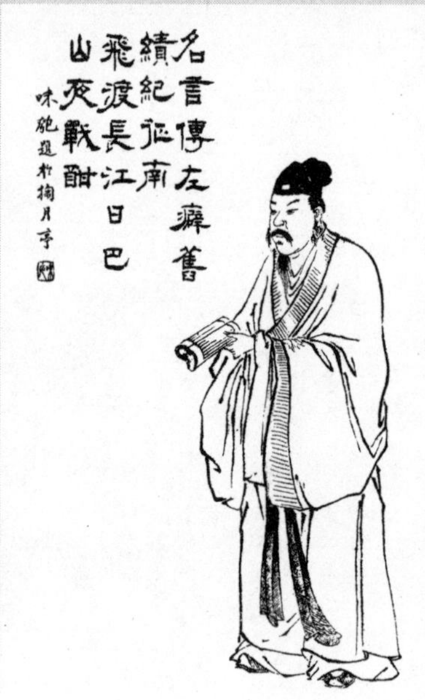

杜　预

（公元222～284年）

字元凯，京兆杜陵人。公元278年以镇南大将军，代领羊祜都督荆州诸军事重任，出镇襄阳。第二年即上表要求攻吴。公元279年十一月，晋军分兵六路大举伐吴，杜预率军出江陵，王濬率舟师顺流而下，诸军并进，捷报频传，吴帝孙皓穷蹙请降。杜预以灭吴功，封当阳县侯。杜预好学，“既立功后，从容无事，乃耽思经籍，为《春秋左氏经传集解》”（《晋书·杜预传》）。自称有“左传癖”。

王　濬

（公元206～285年）

字士治，弘农湖县人。原系中军将军羊祜部下，后任巴郡太守、益州刺史。羊祜知王濬有奇略，向晋武帝推荐，帝乃诏王濬修舟楫。王濬作大船连舫，舟楫之盛自古未有。公元279年，杜预上表建议伐吴，王濬亦上表，谓孙皓凶逆“宜速征伐”。晋武帝乃下诏大举伐吴。王濬顺流鼓棹，直取建业。当时江上旌旗器甲蔽天满江，威武雄壮，势不可挡。吴帝孙皓只好遣使送降表。灭吴后，王濬以功封襄阳县侯，任抚军大将军。

司马懿

（公元179～251年）

字仲达，河内温县人。出身世家，原为曹操文学掾，后连升黄门侍郎、丞相主簿。他建议务农积谷，经国远筹，为曹操采纳。在关羽发动樊襄战役、曹操处于困难时，提议离间吴蜀联盟。因司马懿有狼顾相，曹操对他有猜忌心，并告诫曹丕警惕之。曹操死后，曹丕忘了父亲的嘱咐，任命司马懿为督军，委以军事指挥重任。曹丕死后，他以顾命大臣辅佐新皇帝曹叡。诸葛亮北伐时，司马懿任大都督，率大军反击，以军功迁大将军、太尉。公元227年率四万大军，平复辽东太守公孙渊的反叛。曹叡死后又为新皇帝曹芳的辅命大臣，并进位太傅，持节统兵都督诸军事。公元249年，发动宫廷政变，杀皇族宗室曹爽等及同党，并夷三族。政变次年司马懿病故，大权由他的儿子司马师、司马昭掌管。

司马师

（公元208～255年）

字子元，河内温县人。司马懿长子。司马懿发动宫廷政变、诛杀曹爽时，独与司马师密谋。此前他阴养死士三千，散在民间，政变时，一朝而集。司马懿死后，他以魏大将军身分辅政，持节，都督中外诸军。公元254年，以皇帝曹芳“耽淫内宠，沈漫女德”的罪名，废除其帝位，另立曹丕孙曹髦为帝。翌年，司马师因病死于许昌。公元265年，晋武帝登基后，追尊为晋景帝。

司马昭

（公元211～265年）

字子上，河内温县人。司马师之弟。司马师死后，他继司马师为魏大将军，都督中外诸军，当国政。魏明帝之后，奢侈之风盛行，人民负担增加。司马师蠲除了民众一些苛碎的负担，通令州郡不得侵夺农时，这些措施得到百姓拥护。公元260年，魏少帝曹髦见司马昭大权独揽，自己威权日去，不胜其忿，召侍中、尚书等骂道：“司马昭之心，路人所知也。”遂率僮仆数百，鼓躁而出，攻打司马昭，被司马昭的军队击杀。曹髦死后，司马昭另立曹操孙、常道乡公曹奂为帝。自为相国，封晋公，加九锡。公元263年司马师派大将钟会、邓艾等共伐蜀汉，蜀汉后主刘禅出城降，蜀汉亡。公元264年钟会在成都反叛，为众军杀。翌年，司马昭死。晋武帝登基后，追尊为晋文帝。

东汉末年，由于统治者的腐败，天下大乱。巨鹿人张角是个不第秀才，在山中得南华老仙授天书《太平要术》，要他代天宣化，普救世人。张角云游四方，为人治病，徒众日多，乃传言："苍天已死，黄天当立"，遂自立为天公将军，起兵反朝廷。各地百姓头裹黄巾，跟从张角起事者达四五十万人。官军望风而靡。

张角攻打幽州，太守发榜募兵应敌，榜文到涿县，汉中山王刘胜后裔刘备（字玄德）见而长叹。身后涿郡人张飞（字翼德）厉声问："大丈夫不与国出力，为何长叹？"刘备见张飞身长八尺，豹头环眼，形貌异常，遂告曰："今闻黄巾倡乱，欲破贼安民，恨力不能。"两人志合，遂同入店中饮酒，时又有一大汉闯入店中，刘备见其身长九尺，卧蚕眉、丹凤眼，髯长二尺，面如重枣，威风凛凛，遂相邀共饮。其人曰："吾姓关，名羽，字云长，河东解县人，因杀豪霸，逃难江湖。今意欲应募投军。"刘备、张飞大喜。三人同到张飞庄上，飞曰："吾庄后有一桃园，明日当于园中祭告天地，我三人结为兄弟，协力同心，然后可图

大事。"玄德、云长齐声应曰:"如此甚好。"

次日，于桃园中，备下乌牛、白马祭礼，三人焚香再拜而誓曰:"今刘备、关羽、张飞，虽然异姓，既结为兄弟，则同心协力，救困扶危，上报国家，下安黎庶;不求同年同月同日生，但愿同年同月同日死。"玄德便命良匠打造双股剑，云长造青龙偃月刀，张飞造丈八点钢矛，各置全身铠甲。共聚乡勇五百余人，来见太守。太守大喜。

不数日，黄巾来犯，太守令三人领兵前去抗拒。

三人屡获胜利，后又往助中郎将卢植，与张角之弟张梁、张宝作战。不久，卢植为人陷害，被囚入槛车送往朝廷。他们便引军回涿郡，路上遇见代卢植领兵的董卓被黄巾打败。他们三人奋勇上前，与黄巾作战，救回董卓。董听说他们出身低下，很是轻慢。张飞大怒，便要去杀他，被玄德止住了。他们知道董不能用人，便引兵投中郎将朱儁。朱同玄德大破黄巾，中郎将皇甫嵩同骑都尉曹操也大破黄巾，乱遂平定。■

朱儁班师回京，奏玄德之功，但因没有人情，候了许久，才被除授中山府安喜县尉。玄德与关、张上任后，视事一月，民皆感化。

数月后督邮行部至县，轻慢玄德又勒迫县吏指称县尉害民。父老百姓闻之，都到府前哭谏，却被门人打出。正值张飞路过见之，问明情由大怒，立将督邮拖出捆于县前，用柳条痛打。玄德闻之急来救免。关公以为“此非栖身之所，不若弃官回乡，别图大计”。玄德乃痛责督邮，将印绶挂在督邮头上，自与关、张往代州而去。

黄巾平后，十常侍朋比为奸，愈加专权，因此天下更乱。中平六年，灵帝崩，外

戚大将军何进立太子辩为少帝。十常侍又赂何太后，仍得近幸。何进无法，遂与司隶校尉袁绍等谋召外兵。西凉刺史董卓闻何进之意，立即上表“愿入洛阳，以清君侧”。常侍张让等知其事，遂请何太后诏何进入宫议事，乘机暗伏甲士，将何杀害。袁绍等闻之大怒，并力攻入宫门，尽诛宦官。张让等自烟火中劫持少帝及陈留王协去乡间。

后张让被追袭投河死，帝与陈留王脱逃，途遇司徒王允和袁绍诸人。行方数里，董卓至，帝战栗不能言声。陈留王出曰：“天子在此，何不下马？”董因此奇之，已怀废立之心。■

一日，董卓于温明园中，宴请百官。席间厉声言道，“今上懦弱，欲废之立陈留王。”百官俱不敢言，惟并州刺史丁原（字建阳）谓不可。董叱之，拔剑欲杀。谋士李儒见丁原义子吕布（字奉先）持方天画戟，在丁背后怒目而视，乃出劝止。次日，吕来挑战；董亦出兵迎之。吕布飞马出，董兵大败。董回寨，集聚众将商议。虎贲中郎将李肃谓吕勇而无谋，见利忘义，愿以黄金、明珠及赤兔马说吕来降。

李肃备了礼物，投吕布寨中，入见

吕，先馈以黄金、明珠、良马，再以言说之。吕为所动，李乃道及董卓求贤之意。吕遂应允杀丁原而降董卓。

是夜二更，吕布提刀入帐斩丁原，军士散其大半。次日吕同李肃见董卓，董大喜，吕又拜董卓为义父。被封为中郎将、都亭侯。

董卓既得吕布，便又集朝臣议废帝之事，中军校尉袁绍斥废帝为反逆。董怒拔剑在手，袁亦拔剑出，若将对敌。李儒急出止之，袁即提宝剑，悬节东门，奔冀州去了。■

饋金珠李肅説呂布

北嶺楳夫

袁绍走后，董卓大会文武，废少帝、立陈留王为皇帝——即献帝也。改元初平。董自为相国。

少帝怨望，董卓遂命人以鸩酒杀之。自此，董卓每夜入宫，淫宫女。又引军出城，命军士围民，尽皆杀之，掠妇女财物。然后悬头千余于车下，扬言杀贼大胜而回。

时袁绍在渤海遗书王允，请乘间图之。王遂请百官小宴，席间大哭。众惊问之，王乃告以欲除董卓又无能力，百官皆感而哭。独骁骑校尉曹操大笑，王问之。曹曰："某不才，愿立取卓头，以献诸公。"王大喜。曹乃借王七星宝刀，辞别而去。

曹操，字孟德，小字阿瞒。父曹嵩，本姓夏侯氏，为中常侍曹腾之养子，故姓曹。少年时，好游猎，有权谋，多机变。时人有桥玄者，对曹操说："天下将乱，非命世之才不能济。能安之者，其在君乎？"汝南许劭，有知人之名。曹往见之，劭曰：

“子治世之能臣，乱世之奸雄也。”曹操闻言大喜。年二十，举孝廉，为郎，任洛阳北部尉。初到任，即设五色棒十余条悬之四门，有犯禁者，不避豪贵，皆责之。中常侍蹇硕之叔，提刀夜行，曹操巡夜拿住，就棒责之。由是，内外莫敢犯者，威名颇震。

次口，曹操至相府，董卓倒身而卧。曹拔刀欲刺之；董卓在镜中见之，问何为？曹操以献刀掩之。董卓见是七星宝刀，遂不疑。曹疾驰而去。后董卓起疑，使人探之，已去远矣。遂通令天下捉拿。

曹操至中牟县，为县令陈宫所获，乃实情告之。陈宫知曹操有大志，遂弃官同逃。至成皋，求宿于曹父之友吕伯奢家。伯奢善待之，去沽酒。时房后有杀猪磨刀声，曹误认为伯奢有相害之意，遂杀伯奢一家。急出庄去，路上遇伯奢沽酒回来，曹操又杀之。陈宫责之。曹操曰：“宁教我负天下人，休教天下人负我。”陈宫默然，当夜自投东郡去了。■

曹操连夜到陈留，先发矫诏驰报各道，然后召集义兵，先后有乐进、李典，及族中兄弟来助。

袁绍得曹操矫诏，先引兵来与曹会盟；各镇诸侯皆起兵响应：第一镇后将军南阳太守袁术。第二镇冀州刺史韩馥。第三镇豫州刺史孔伷。第四镇兖州刺史刘岱。第五镇河内郡太守王匡。第六镇陈留太守张邈。第七镇东郡太守乔瑁。第八镇山阳太守袁遗。第九镇济北相鲍信。第十镇北海太守孔融。第十一镇广陵太守张超。第十二镇徐州刺史陶谦。第十三镇西凉太守马腾。第十四镇北平太守公孙瓒。第十五镇上党太守张杨。第十六镇长沙太守孙坚。加上渤海太守袁绍和曹操，共是十八路诸侯。兵马有三万者，有一二万者，公孙瓒又在路上遇见刘玄德弟兄，也引了同来。

各镇公推袁绍为盟主，歃血为誓。孙坚为先锋。袁绍之弟袁术(字公路)督粮。

孙坚先引人马杀奔汜水关来。

董卓闻报，命大将华雄引军迎敌，华出师即杀了济北相鲍信之弟鲍忠，盟军败绩。袁绍急聚众商议。见刘玄德三人立于公孙瓒背后，便问明来历，命玄德坐。

一会华雄来挑战，又斩两员上将，众皆大惊。关云长忽自请出战，袁绍问："何职?"公孙瓒曰："刘玄德马弓手。"袁术大喝："量一马弓手，安敢乱言，与我打出！"曹操急止之。命热酒与关公饮。关公曰："酒且斟下，某去便来。"关公出阵，但闻喊声震天，顷刻间已提华雄之头掷于帐下，酒尚温也。

董卓闻报，自引吕布来虎牢关，袁绍分八路诸侯迎敌，均为吕所败。吕追来，张飞迎出，与之大战五十合不分胜负；云长来夹攻，也战不倒吕布；玄德又来助战，此即谓虎牢关三英战吕布。三英围住吕布转灯儿般轮番厮杀，吕遮拦不定，遂荡开阵角，飞马败回。■

董卓因吕布新败，与李儒商议；李劝董迁都长安。董乃大掠百姓，大焚宫室，并发掘陵墓，取其珍宝。随后劫了天子往长安而去。

各镇诸侯随即进军洛阳。孙坚先入汜水关，玄德与诸侯也同杀入虎牢关。但入关后大都屯兵不动。曹操气愤，自引军来追董卓。

董卓用李儒之计，命荥阳太守徐荣伏兵对付追兵。曹操追来，陷入围中，几为所获，幸诸将死战方得救回。

众诸侯屯兵洛阳时，孙坚在宫殿井中里拾得传国玉玺，部将程普讲了玉玺

来历。孙遂怀异心。次日辞袁绍，欲回江东。不料已有军士报告孙坚得玺。袁绍便责备孙坚不宜自留玉玺，孙力辩其无，袁命军士出证，孙坚大怒，拔剑欲斩之。袁绍亦怒，两方几至用武。众诸侯一齐劝住，孙坚随即引兵而去。袁绍乃密信与荆州刺史刘表（字景升），教路上截击之。

当时曹操料袁绍不能成事，自引兵去扬州。公孙瓒亦引玄德拔寨北行。袁绍见众人各自分散，也领兵投关东去了。孙坚在半路上，果然被刘表引兵截住，亏得程普、黄盖、韩当三将死战才得脱身。■

袁绍致书公孙瓒，请出兵共攻冀州，胜后平分其地。公孙瓒兵未至，袁绍又使人将公孙瓒引兵攻冀州事，密报冀州牧韩馥，韩急请袁入冀州。袁入冀州后，尽夺其权。此时公孙瓒即命其弟来见袁，欲平分冀州。袁不许，并在途中将其弟射死。公孙瓒大怒，引兵杀来。

两军会于磐河，袁绍大将文丑与公孙瓒交战，公孙瓒败走。文丑追来，公孙瓒马失前蹄，跌于坡下。正危急时，忽一少年将军飞马来战文丑，文丑始退。公孙瓒忙问少年姓名，方知是常山赵云(字子龙)来投，公孙瓒大喜。

次日，两军又出对阵。及交锋，公孙瓒又大败，幸赵云杀出，并直取袁绍，袁绍几危。后袁绍大军掩至，赵云保公孙瓒回界桥。路上刘玄德又引兵前来助战，始转败为胜。

两军相拒月余，董卓想结好两人，命人

持假诏讲和，两人各自引军回去。公孙瓒表玄德为平原相。玄德别时，与赵云依依不舍。

却说袁术向刘表借粮不得，遂致书孙坚，教出兵报昔日刘表截路之仇。孙坚遂起江东之兵，率长子孙策（字伯符）等迳取荆州。刘表闻报，先命部将黄祖在樊城抵挡。黄祖累败，后竟退至襄阳。孙攻打甚急，刘表乃命健将吕公引军去救。谋士蒯良授吕以计，谓如孙来追，可预设箭石伏于林中，袭击之。吕领命去。

吕公乘黄昏时出，孙坚引三十骑来追，吕公佯败，孙追至山林处，吕伏兵箭石突发，孙坚被击中，身死，时年三十七岁。所率三十骑，亦尽死。此时，城中黄祖出来接应，却被吴将黄盖所擒。吕也在回兵途中，被吴将程普刺死。孙策回到汉水，始知父亲已死，尸首为刘表掳去，不觉大哭。乃以黄祖换孙坚尸，领兵回江东，图谋再起。■

却说董卓在长安闻孙坚已死，曰："吾除却一心腹之患"，愈加骄横。竟在长安城外筑郿坞，役民夫二十五万人，内盖宫室仓库，屯积二十年粮，选美女八百送于其中。董来往长安、郿坞之间享乐。又常宴百官，在席间擅杀无辜。北地降卒数百到，董即于席间凿眼、断足、割舌、锅煮，哀号声震天，卓谈笑自若。司徒王允忧闷已极，思用计除之。一日夜间在花园仰天垂泪，忽闻歌伎貂蝉亦在园中叹息。王问其故，貂蝉曰："因见大人行坐不安，又不敢问，故私自叹息。"又谓"倘有用妾之处，万死不辞"。当下王允拜曰："汉天下生民，均在汝手中也。"貂蝉问其故，王谓："今欲用连环计，将汝先许与吕布，后献与董卓，汝乘间离异他父子，令吕杀董，则汉室再立，皆汝之力矣。"貂蝉应允，以死自誓。

次日，王允先命人送金珠冠与吕布，吕来谢。乘间命貂蝉出见，谓为己女，即

许与吕布。吕大喜谢去。过了数日，王允又请董卓至家中，命貂蝉歌舞，董大赞赏。王允即命人将貂蝉送到相府。吕布责其相戏。王曰："太师为汝取貂蝉妇矣；奈何怪老夫？"吕回相府打探，始知太师与新人共寝。吕大怒，潜入后房，又见貂蝉忧愁哭泣。由此常常入内，时见貂蝉忧愁不乐之态。董卓病，貂蝉曲意侍奉。及吕来探病，貂蝉在床后，向之作手势。董卓见吕布凝视貂蝉，大怒，斥退之。李儒来劝，董卓又以好言相慰。

一日董卓与献帝共谈，吕布回府与貂蝉在凤仪亭相会。貂蝉云："此身已汙，愿死于君前！"欲投池，吕泣慰之。貂蝉又用言挑之。正互相倚偎，董卓回府，见之，抢了吕的画戟，掷刺之，吕逃逸。李儒来劝，谓宜以貂蝉赐与吕，以结其心。董唤貂蝉问之。貂蝉乃啼哭，谓遭吕调戏，欲自尽。董慰之。次日李儒又来，董谓吕与自己有父子之分，不便赐予。■

董卓即日下令回郿坞，百官俱拜送。吕布望见貂蝉在车中痛哭，叹惜痛恨。忽然背后王允问："为何不从太师去?"吕告以貂蝉之事。王大惊曰："不意太师作此乱伦之事，将军盖世英雄，亦受此污辱!"吕布大怒，誓杀董卓。王乃以好言说之，并与相谋。吕刺臂出血为誓。当日议妥，假诏宣董入朝受禅而杀之。由骑都尉李肃往请。董得诏大喜，便同李入朝。既行，路中遇了许多凶兆。均被李化解，董遂不疑。

入朝后，董卓见王允等各执剑而立，大惊。方问，甲士尽起，董卓伤臂坠车，大呼："吾儿奉先何在？"吕从车后厉声叫曰："有诏讨贼！"一戟直刺董咽喉，割了头，把诏取出大呼。众皆喊万岁!

李儒亦为家奴擒来杀了。吕布自往郿坞取了貂蝉，又将董全家杀尽。看守董尸者以火置其脐中为灯，百姓高兴。

时董卓将李傕、郭汜、张济、樊稠逃至陕西，求赦不得。乃听谋士贾诩（字文和）之策，引兵攻长安，为董卓报仇。

王允闻后与吕布商议。吕引兵迎敌，先胜后败。李傕等拥入长安。吕请王允出，王不去。吕乃引百余骑突围走。

当下李傕等兵马入长安，直至宣平门。献帝倚楼内，李傕、郭汜等拜呼万岁。谓与董卓报仇，只诛王允一人。时王在帝侧，乃拜别献帝，下楼，为李、郭所杀。李、郭又欲杀天子，张济、樊稠谓宜留之以图天下，四人又勒帝封官，献帝只好答应。■

李傕、郭汜执掌大权，残虐百姓。西凉太守马腾、并州刺史韩遂，引兵十万杀奔长安，声言讨贼。贾诩劝李傕不宜战。部将李蒙、王方不听，引兵出战。及至交锋，均为少年将军马超所擒杀。李傕始信贾诩有先见之明。于是紧守不出。及西凉军粮草俱尽而退兵时，李傕出而追击马腾，为马超杀退。樊稠亦出而追击韩遂，韩遂以好言劝之，樊稠退去。李傕探悉，用计将樊稠斩了，其兵马归了张济。

贾诩劝李傕、郭汜佐君抚民，朝廷微有生意。不意黄巾余党在青州又聚众作乱，太仆朱儁荐举曹操讨贼。曹操会合济北相鲍信杀敌，鲍信引兵杀入重地，为贼所害，曹却屡获胜利，降者有三十万。曹

选其精锐建为青州兵，从此声名大振。捷报入都，朝廷任之为镇东将军。曹在兖州大揽人才，荀彧、荀攸、程昱、郭嘉、刘晔、满宠、毛玠、于禁、典韦等都得重用。此时曹操文有谋臣，武有猛将，威镇山东。

曹操命人到琅琊迎取其父曹嵩，曹嵩即与全家起身。道经徐州，太守陶谦（字恭祖）想结好曹操，特差都尉张闿护送。张闿贪图财物，在路上杀死曹嵩全家，掠其轻重而去。曹操闻信，哭倒于地。乃悉起大军洗荡徐州。东郡从事陈宫来谏，不听。曹兵所到之处，尽行杀戮。至徐州，陶谦出马解说，曹操全不理会。陶谦只好入城坚守，忧愤欲死。时别驾糜竺献计，谓愿往孔融处求救。糜竺遂奔北海。■

却说北海孔融，字文举，鲁国曲阜人，孔子二十世孙，自小聪明。后为中郎将，累迁北海太守。常曰："座上客常满，樽中酒不空。"糜竺见了孔融，说明来意。孔方欲起行，忽黄巾管亥引兵杀来，官军不敌，北海城被围。孔、糜忧恼万状。忽有太史慈单骑来见孔，谓其母重蒙融恩惠，命来助战。孔大喜，便命去平原求刘玄德来救。太史慈冲出重围，到平原来见玄德，玄德得知，曰："孔北海知世间有刘备耶！"，急引关、张来救。军到北海，管亥来战，为云长所杀。北海之围遂解。孔拜谢玄德，又约同去救陶谦。玄德推辞，孔以大义说之，乃允先至公孙瓒处借兵，再来徐州。孔遂先引兵去。太史慈亦辞去。

玄德在公孙瓒处，借了二千兵，又借了赵子龙，始往徐州。玄德与关、张杀奔徐州，陶谦见玄德仪表非凡，便欲让与徐州，玄德固辞。

当日玄德先书与曹操，请罢兵。操怒，欲斩来使，谋士郭嘉（字奉孝）劝止。

忽得报，吕布袭破兖州，正攻取濮阳。曹操大惊，卖个人情与玄德，即拔寨退兵。徐州之围遂解。陶谦大喜，乃宴请玄德、孔融诸人面谢，又让徐州与玄德，时糜竺、陈登、孔融诸人亦劝玄德，玄德仍不允。陶谦乃求玄德驻小沛，玄德应允。

吕布与谋士陈宫引兵攻濮阳，所向披靡。及曹操引兵来，夜间劫寨，被吕、陈设计大破之，曹几不免；幸部将典韦身冒矢石相救，始得出围。回寨后，吕又引兵追来，部将夏侯惇引兵来救，始各自收兵。

吕布退回寨中，与陈宫商议，让濮阳城中富户田氏下书曹操，欲以献城计诱杀之。曹操得来书大喜，乃在夜间引典韦等将杀入城中。曹先领兵直入，城中却不见一人；忙拨马回兵，吕布埋伏的人马早已杀到。火光冲天，各处军马夹攻掩杀，曹军大败。幸典韦保着曹操。杀至城门，崩下一条火梁，打着曹的战马，将曹之须发都烧着了。■

曹操回寨，将计就计，诈言曹操火伤身死，以诱吕布来攻。吕闻讯，果领兵杀来，被伏兵围住，吕拼死力战方得逃脱。是年蝗灾，禾粟食尽，各自罢兵。

徐州陶谦，染重病不起，又请玄德受徐州牌印。玄德仍不肯。陶说之再三，以手指心而死。徐州百姓又拥至府前泣拜，玄德乃许权领徐州事。曹操闻讯，大怒，便欲起兵夺徐州。谋士荀彧入谏，劝其不若挥军向东，扫除黄巾余党，当可得粮食。曹从之，遂起兵赴汝、颍，大破黄巾余

党。又设计收服了勇将许褚。这才引得胜之兵下兖州，攻濮阳。

吕布引军出战，曹命许褚、典韦等六将共战之，吕遮拦不住，拨马回城。城又被曹操用里应外合办法占领，陈宫保吕家中老小出城与吕汇合，奔定陶而去。曹操又发兵追来，并在定陶设伏大破吕布，吕军三停去了二停，曹操遂得濮阳。自此山东尽被曹操所得。陈宫劝吕投玄德。

吕布到徐州，玄德待之甚厚。张飞不服，每来挑衅。玄德乃命吕布暂驻小沛。■

李傕、郭汜在朝中横行无忌，太尉杨彪与大司农朱儁设计除之。由杨彪妻乘间告郭汜妻，言郭汜与李傕妻私通。郭妻果然禁止郭汜与李傕相交。又置毒于李傕送来之酒食中。郭汜大怒，即引兵攻李傕，两家遂不断交兵，并乘势掳掠居民。后李傕劫天子至郿坞。郭汜来讨，抢夺宫女入营，又放火烧宫殿，献帝命众公卿说和，郭汜却把公卿做人质监看。两家继续厮杀，五十余日，死者累累。

献帝听说贾诩有忠心，向之泣诉。贾诩乃设计让李傕手下之西凉人引兵还。又请献帝以大司马重爵饵李傕。

李傕信女巫之术，今得重爵，谓女巫之力。部将杨奉、宋果不服，引兵谋反。事不密，宋果为李所杀。杨奉引兵去西安。

忽人来报，张济统军来为李、郭两家

讲和，不从者将杀之。两人只得许诺。张济请献帝驾幸弘农，帝喜，从之。方过壩陵，郭汜引兵追来，幸杨奉引兵前往救驾。杨奉部将徐晃（字公明）出战，郭军大败。次日郭仍以大军围驾。忽有国戚董承来救，郭军败退。郭汜又遇李傕，两家遂合兵一处追来。

董承、杨奉一面保驾，一面诏黄巾余党白波帅韩暹、李乐等人来救驾。李乐引兵来，会于渭阳。郭汜以财帛乱抛于地，诱惑李乐军士，李军大败。众人急保献帝渡黄河。野老进粟饭与帝后。后驾至安邑，杨彪及太仆韩融寻至。百官、宫人亦陆续回。董承、杨奉奉车还驾洛阳。

帝至洛阳，宫室已毁，居民仅数百家，先暂住小宫，并改元建安。时百官尚书郎以下，均自出城樵采，多有死者。■

杨彪又请献帝降诏宣曹操入朝。时曹操正欲奉天子以从众望。得诏后，先命夏侯惇为先锋前来保驾。曹自引大军接应。

此时李傕、郭汜亦领兵追来，帝令夏侯惇分两路破之。次日，与李、郭交战，李、郭大败，军士死者以万计，曹操引大军来后，又给予打击，李、郭往西逃往山中去了。

曹操听正议郎董昭之谋，请帝驾幸许都。百官畏曹势，只得随行。途中杨奉、韩暹引兵截住，杨、韩部将徐晃力战，曹军无法取胜。幸行军从事满宠乘夜说徐晃来降。杨、韩不能再战，遂引军投袁术去了。

曹操迎献帝入许都，并为之造宫殿、立宗庙。自为大将军，大权独专，威过天子。又想东征刘备，荀彧献计："不如用二虎竞食计，诏授刘备徐州牧，再与书教杀

吕布，使自相攻。"曹从之。玄德闻诏谢恩，又把曹教杀吕布之书，拿与吕布看了，然后复曹书，说此事尚容缓图。

一计不成，荀彧又献驱虎吞狼计，叫曹操假借帝命令玄德攻袁术；又遗书与袁术，谓刘备上表将南吞其州县。玄德得诏，虽知其意，然迫于帝命遂起兵。袁术得曹书亦大怒，遣上将纪灵杀奔徐州攻打刘备，两军会于盱眙，纪灵为关公杀败。

张飞奉命守城，玄德不许饮酒，他仍饮酒，并在酒后痛打部下曹豹，曹豹遂引吕布前来攻徐州。张飞醉后不敌，引军杀出城外。曹豹追来，为张飞杀死。

袁术闻之，答应以粮五万石、黄金万两等礼物赠吕布，教夹攻刘备。吕乃命部将高顺领兵袭击玄德，玄德连夜退走。高顺乃见纪灵索取礼物，袁术失信不与。吕大恨。仍请玄德回驻小沛，且交还玄德家小。张飞痛恨吕布，不与相见。■

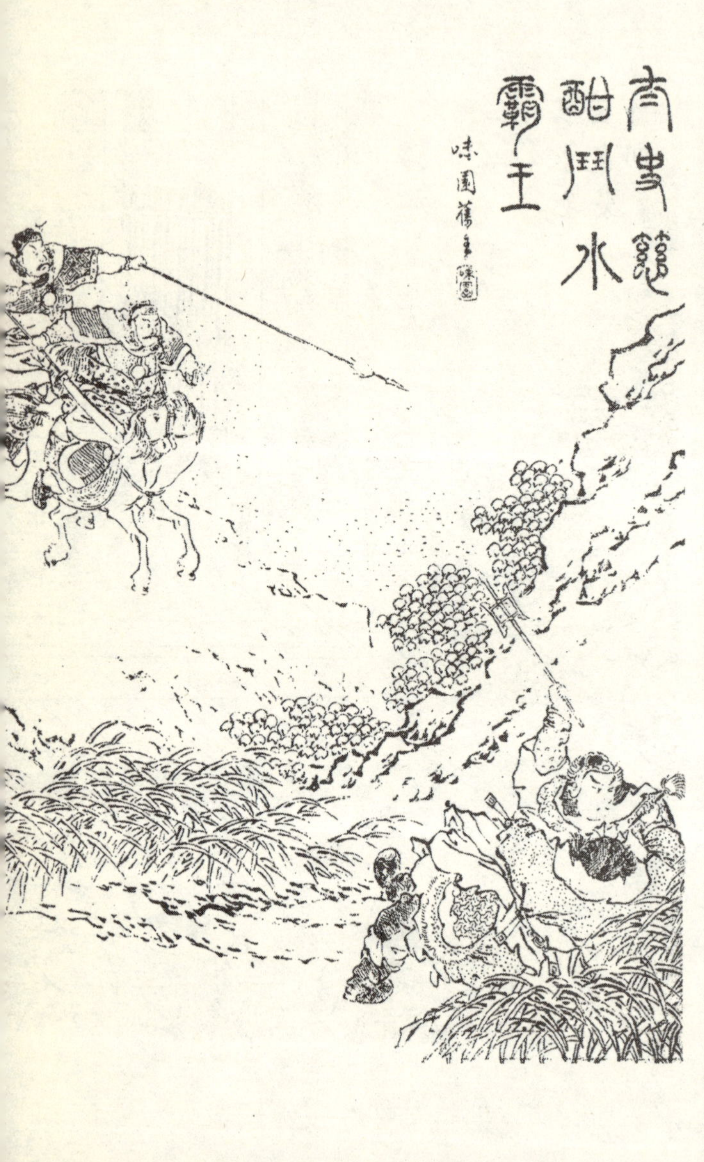

孙策自父丧之后，退居江南。父旧部朱治和汝南人吕范教以用传国玉玺向袁术借兵三千，往攻扬州刺史刘繇。袁术得玉玺大喜，遂表孙策为殄寇将军，以三千兵马借与之。孙策遂带领军马起兵。同年好友周瑜（字公谨）亦来相助。周又荐许多人才给孙策。

刘繇闻之，命部将张英、太史慈出战。张英为孙策所败。兵至神亭，孙策登山拜光武庙，乘机又探看刘繇营寨，被太史慈追及。孙策与太史慈独战，两人马上、马下打了许久，直打得枪马俱失。两人又在地下厮斗。此时，刘繇、周瑜各引大军到，双方混战一场，始各自收兵。

次日，孙策分五路进兵，刘繇大败。孙

策在战斗中挟死一将，喝死一将，故被人呼为小霸王。刘繇败走，投刘表去了。太史慈招得二千人马，欲与刘繇报仇。却为孙擒住，优礼待之。太史慈遂降孙策。

自此孙策威名远播。安民恤众，人民皆悦。孙又引兵攻吴郡，留弟孙权守宣城。吴郡严白虎，自称东吴德王，见孙策引兵来围，弃城败退，至会稽，得太守王朗相助。严白虎与王朗一起陈兵于山阴之野，与孙策对垒。孙策大将太史慈拍马出阵，王郎舞刀迎战。忽王朗阵后大乱，原来是周瑜引军斜刺杀来。严、王急退军入城坚守。孙策乃引军袭击王朗屯粮重镇查渎，严、王领兵来救，被孙策以奇计破之，遂得会稽。王朗逃奔海隅，严白虎被部将所杀，自是东路尽平。■

孙策平定江南以后，致书袁术索要玉玺，袁术以其无礼，怒欲攻之。长史杨大将献计：不如结好吕布，先攻刘备，然后再图江南。袁术从之，遣使以财粮与吕布；又命纪灵攻刘备小沛。

玄德在小沛闻袁术军至，急修书与吕布求救。吕与陈宫计议，若刘备败，则徐州亦必为袁术所图，遂引军救玄德。纪灵致书责其无信。吕乃邀纪灵、玄德同至寨中，告以愿为两家解斗。纪灵不允；张飞亦欲厮杀。吕乃命人将画戟立于辕门一百五十步外，对玄德、纪灵曰："今我以箭射中戟之小枝，你两家即罢兵，射不中则听你们交兵。不从我言者，并力拒之。"玄德应允，纪灵见不易射中，亦允之。吕乃射之，果中。纪无法，只得罢兵。回见袁术，袁大怒，欲再攻之。纪劝其"不若以公子求婚于其女，然后使杀刘备。此乃疏不间亲之计"。袁术从之。遣使向吕陈说，吕从之。

忽人报吕布，张飞夺去吕所买马匹。吕布大怒，引兵攻小沛。玄德兵少，遂投曹操，曹操厚待之，举荐他为豫州牧（史称刘豫州）。忽探报张济已死，其兵由其侄张绣统领，现正联合刘表，引兵屯宛城。曹操遂起兵讨张绣，至淯水下寨。张绣与贾诩商议，贾劝张降之。张遂迎曹入宛城。

曹操在宛城得意忘形，与张绣婶邹氏通。张闻之，大怒。密与贾诩设计先引兵屯于城中；又以酒醉曹将典韦，而盗其双戟。然后在半夜举兵攻击曹操大营。典韦自梦中惊醒，徒手抵御，又以两手执兵卒作兵器，死守寨门。曹操乃得逃脱。典韦受重伤，背中一枪，穿过前心，乃死。张绣紧追曹操，曹子昂、兄子安民均死。幸遇于禁诸将奋勇抵挡，曹才得渡河逃回，张绣在宛城势孤力单，乃南投刘表。

吕布受曹操加官晋爵，命谋士陈登往谢。陈却劝曹操急图吕布。■

却说袁术在淮南，地广粮多；又有传国玉玺，遂僭称帝号。命人求吕布之女为东宫妃。却闻吕已将前使解往许都，大怒，乃起七路大军讨之。

吕布闻之，问计于陈宫。陈宫请斩陈登以谢袁术。陈登大笑谓："七路之兵如七堆腐草，我自有计破之。"吕许之，陈登遂往说杨奉、韩暹从内部谋反，袁术七路军破了两路。吕复遣张辽等迎战其他五军。是夜二更，吕布配合杨奉、韩暹攻击袁术大营，袁大败，逃跑中又被关公大杀一阵。袁军败回淮南。

袁术遣人至孙策处借兵，孙作书绝之。曹操遣使表孙策为会稽太守，命征袁术。孙策长史张昭建议复书与曹，请先发兵南征，自为后应。曹操遂与玄德、吕布、孙策合兵同破袁术。

曹军与袁军会于寿春界口，夏侯惇

出马斩了袁术大将桥蕤。袁术留人守寿春，自率大军渡淮。曹操引兵围寿春，袁术部将李丰等死守。曹操亲自督阵，卒破寿春。又欲渡淮追袁术，荀彧劝止。忽报马到，说刘表遣张绣犯南阳诸县甚急。曹乃驰书孙策，命其跨江布阵，以疑刘表。自己则回征张绣。

曹操又命玄德仍屯小沛，并密告玄德留意吕布。

曹操回许都，李傕、郭汜已为部将所杀，家小解至，曹命尽斩之。曹又以张绣谋反事告献帝，帝亲送曹出师征之。

曹操在出征路上，严令约束军士，不准践踏麦田。曹之坐骑践踏麦田，按律当斩，乃以佩剑割发代首，军士凛然。及至，张绣出战，大败；入南阳死守不出。曹围城攻打，遍视城垣三日，乃命军士在西门积薪，似准备在那里登城。■

曹操在南阳西门积薪攻城，于夜间集中兵力攻城东南。此计为军师贾诩识破，乃先藏精兵于东南门，因而大破曹兵。此役曹兵折兵五万余，失去辎重无数。贾又劝张绣致书刘表，约夹攻曹。刘惧怕孙策在湖口布设之兵。刘谋士蒯良说此乃疑惑之兵。刘遂引兵出。

荀彧探知袁绍将犯许都，急报曹操，曹乃退兵。张绣、刘表要截击，贾诩劝说不听。曹操见张、刘各领兵来会，乃暗伏奇兵，诱引刘、张两军追入险境，然后伏兵突出，大破刘、张两军。此时刘、张后悔不听贾诩之言。哪知贾却劝刘、张整兵再追之。刘表不敢往，张绣自追之，果然胜。刘、张回问缘故，贾曰："彼退时必有劲将为殿后，以防追兵，故败。既败，

则必不备，故再追则胜。”张、刘均伏其高见。

曹操回许都，袁绍止兵不进。郭嘉谓吕布实心腹之患，宜先图之，袁绍不足虑也。荀彧然之。曹乃先使人报玄德；不料玄德回书为吕布所得，吕大怒，举兵攻小沛。玄德一面守城，一面求救于曹。

曹操得报，命大将夏侯渊、夏侯惇等先行，自统大兵续发。夏侯惇先遇吕将高顺而交锋。高顺不敌，但夏侯惇在追击中为暗箭伤目，拔矢出，睛亦拔出。夏侯惇乃啖之，大呼：“父母精血，不可弃也。”高顺得胜，复回兵与吕布共击玄德。玄德匹马弃城而逃。吕赶至玄德家中，其妻兄糜竺告吕曰：“大丈夫不废人妻子。”吕乃令糜竺引玄德妻小去徐州安置。■

且说玄德匹马弃城逃离小沛后，往投曹操，曹厚待之。随令大将曹仁领兵先行，自与玄德取萧关而来。吕布闻之，自徐州来救。陈登设计让吕布在夜间去救萧关，使与陈宫所部自相残杀。杀到天明，方知是自家人。吕布、陈宫率军回徐州时，糜竺在城上乱箭射下。吕布急投小沛，小沛已为陈登引曹兵夺取。又遇关公、张飞自山中引兵来混杀一阵。吕布只好再投下邳，死守不出。

关、张相见，各诉失散后之情形，又引兵见玄德。时曹操大设筵宴，犒赏各军。遂分兵三路，再攻吕布，让玄德守淮南诸路。

陈宫劝吕布出城作犄角之势，吕妻不让吕布出战。陈又劝吕截击曹军粮草，亦不听。谋士许汜、王楷劝吕向袁术求救。吕命许、王往见袁陈述一切。袁让吕送女来，然后发兵。吕乃负女突围。不料被关公、张

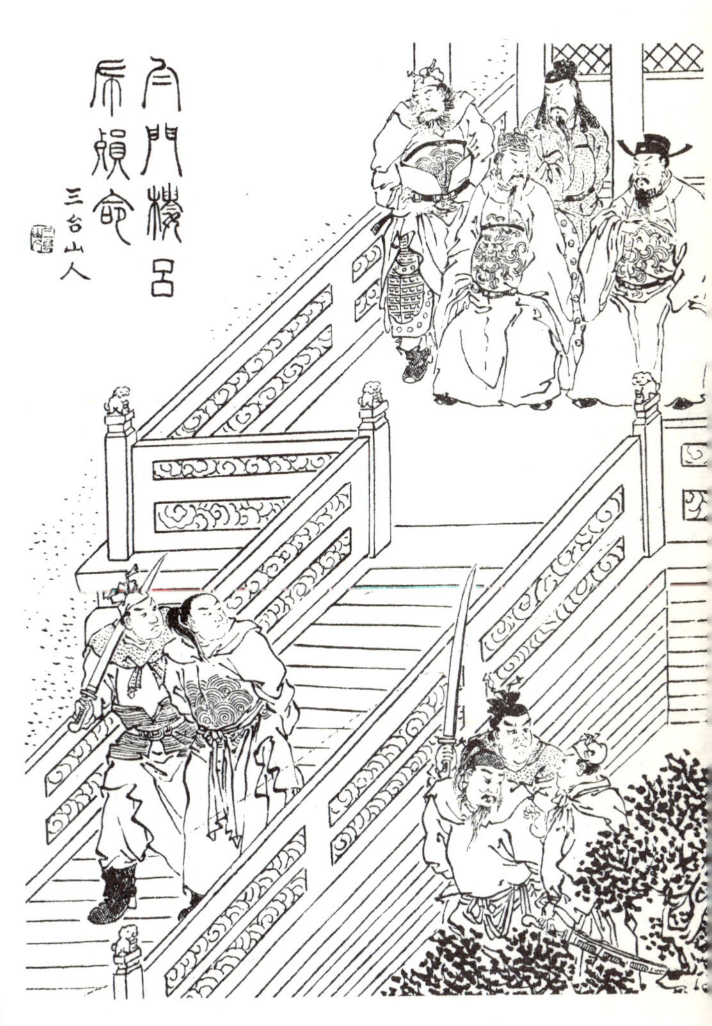

飞截住，死战不能脱，曹兵亦来助战；吕只得再回下邳。

曹操攻下邳两月不下，欲还许都。郭嘉谏阻，乃决泗水，淹下邳。吕布只与妻妾饮酒作乐。一日，将军侯成因犯酒禁遭吕怒打，恨极，乃与宋宪、魏续诸将，先盗赤兔马，献与曹操。又乘吕倦睡时，盗其方天戟，然后缚之。下邳遂破。曹操安民后，与玄德同坐白门楼。高顺至，曹操令斩之。陈宫至，曹操问之。陈宫曰："今日有死而已。"曹不忍，陈迳下楼，曹乃命养其妻子，送下楼杀之。唯吕布求玄德说情。曹入，吕求降。曹问玄德。答曰："公不见丁建阳、董卓之事乎？"曹遂命斩吕。吕顾玄德曰："大耳儿！不记辕门射戟时耶？"忽张辽至，大骂吕怕死，又大骂曹是国贼。曹怒欲自斩之，玄德、云长保之，曹始以礼待之，张遂感悟而降。■

曹操破吕布后，班师回许都，引玄德见献帝。帝询宗族，认为皇叔。

曹操疑虑太尉杨彪为二袁内应，遂教人诬告杨彪并收之。孔融等苦谏，曹不得已，乃免其官放归田里。又请天子至许田打围，以观百官动静。天子不敢不从。既至，曹命玄德先射，一箭射中兔。帝又以金箭自射大鹿，三箭不中，再命曹操射，曹讨金箭射之，中鹿背。军士以为金箭为帝射，遂呼万岁。曹纵马立于帝前迎受之，百官皆惊。云长大怒，拍马要来杀曹。玄德急目止之。及至回来，云长问故，玄德曰："投鼠忌器耳！"

献帝回宫，与皇后论及打猎之事，不觉痛哭。时皇丈伏完告帝，董贵妃之父、东骑将军董承忠心为国，可以密诏令其设计除曹。帝乃用血书密诏，缝入玉带，董

承至，帝谓感其西都救驾之功，以袍带赐之。密语谓曰：“汝归细视之，勿负朕意。”

董承出宫，正遇曹操，曹因得报疑之，故来相见，命取帝赐之袍带检视，一无破绽，乃还之。董承回府，反复检视袍带，绝无一物。后因灯花落下，将带烧破，乃得血诏。看毕，不觉痛哭。遂与侍郎王子服、将军吴子兰等商议。出白绢各书姓名为誓。马腾来访，董承以语试之，知为忠义士，乃以血诏示之。马腾看罢，咬齿唇，以血书名，自愿为外应。马又谓玄德可与谋之。董承遂访玄德，先以言试之，后乃实告。玄德见血诏大哭。遂亦书名于义状。时状上共有七人，为：车骑将军董承，工部侍郎王子服，长水校尉种辑，议郎吴硕，昭信将军吴子兰，西凉太守马腾，左将军刘备。■

玄德因防曹操谋害，为韬晦计，就在下处种菜，亲自灌溉。一日关公、张飞不在，忽许褚、张辽奉命来请，玄德随去。曹迎笑曰："你在家做得好大事！"玄德骇得面如土色。曹又说："玄德，学圃不易。"玄德方才放心。曹遂命人煮酒，告以征张绣时，道上缺水，军士渴极，曹谓前有梅林，于是军士口皆生唾。

忽天上阴云漠漠，骤雨将至。军士遥指天外龙挂。曹操与玄德凭栏观之。曹因论龙之变化，而谈及天龙颇似英雄。乃问玄德曰："玄德久历四方，必知当世英雄，请试指之。"玄德辞以不知。曹谓虽不识面，亦闻其名。玄德乃举袁术、袁绍、刘表、孙策……等人为英雄。曹一一否定之。曹又论英雄之志，谓："夫英雄者，胸怀大志，腹有良谋，有包藏宇宙之机，吞吐天地之志者也。"玄德问谁能当之。曹曰："今天下英雄，惟使君与操耳！"玄德闻言，惊得手执之匙箸，也落到地下。幸时有一声震雷，玄德乃以“一震之威”掩饰之。

关公、张飞回来，不见玄德，急提剑闯入后园，曹操以樊哙比之。

次日，又宴于曹处。满宠自袁绍处探事回，谓公孙瓒被袁绍攻破，自焚而死。又说袁术将联合袁绍。玄德借此求曹派兵至徐州截袁术。曹许之。次日，引五万人马同部将朱灵、路昭而行。后郭嘉考较钱粮回府闻之，坚决反对放刘备走，曹操急命许褚追之，但玄德不肯回师。

玄德至徐州，袁术过其地，为玄德所困，吐血而死。玉玺由人送许都归曹操。玄德见袁术死，命朱、路二将回，只留人马守城。曹操闻之大怒，乃写书信给徐州刺史车胄图之。车胄与陈登商议，陈登却报知关公、张飞，关、张乃于夜间假扮张辽军马来到，车胄出城相迎，被云长斩首。■

玄德怕曹操大兵来攻，陈登献计：求郑玄（字康成）致书袁绍求其起兵讨曹。郑玄乃大儒，玄德曾师事之。袁绍得郑玄书，聚众商议，谋士田丰、沮授劝阻，审配、郭图则力主出兵。袁绍听审、郭意见，起马步三军三十万，并令书记陈琳草讨曹檄文。陈琳素有才名，作文绝佳。时曹方患头风，见檄文，吓出一身冷汗，头风顿愈。急与谋士商议。孔融反战，荀彧主战。曹听荀彧意见，命刘岱、王忠二将打丞相旗号，去攻玄德。自己大起马步三军二十万来会袁绍。

袁绍因谋士不和，屯兵于官渡，不图进取。曹操亦命曹仁督军官渡，自回许都。

刘岱、王忠二将来至徐州，亦不出

战。玄德见有丞相旗号，未敢擅动。

忽曹操差人催刘岱、王忠二将出战，二人各相推诿。后乃拈阄，王忠出马。玄德命云长应战，几个回合王忠即被生擒。入见玄德，玄德问得曹操不在军，乃收监之。张飞又请兵去擒刘岱。刘因王忠被擒，死不肯出。张乃设计假作劫寨以擒之。

玄德用好言安慰二人，又发回原领军马，让他们回许都。张飞不服，要去杀二人，云长追来阻止。

陈登请玄德将兵分屯下邳、小沛，为犄角之势。玄德遂命孙乾诸人守徐州，自与张飞守小沛，云长守下邳，家小亦于下邳安置。■

刘岱、王忠败归，曹操欲斩之。孔融劝阻，并建议招安张绣。张听贾诩之劝，遂降曹。曹又欲得一有文名之士，往说刘表。荀攸举孔融。孔转荐祢衡（字正平），曹使人召见，不命坐。祢仰天叹息，曰“无人”。曹以手下之谋士武将一一列举，问：“安得无人？”祢一一驳之，谓这些人充其能不过吊丧问孝、牧牛放马等事。张辽怒，欲斩之。曹止之，命为鼓吏。

来日大宴宾客，命祢衡挝鼓。祢着旧衣从容登堂，作《渔阳三挝》，渊渊有金石声，满坐为之激动。因挝鼓须换新衣，左右问何不更衣。祢遂脱所着旧衣裳，裸立。曹操叱曰：“何太无礼！”祢曰：“欺君罔上乃谓无礼，吾露清白之体耳。”孔融恐曹操杀之，急劝。曹命往说刘表，如刘表来降，当使汝作公卿。

祢衡见刘表，虽颂德，实讥讽。刘不喜，命去江夏见黄祖。黄祖宴之，因问许

都人物，称曰："大儿孔文举，小儿杨德祖。"黄又问："似我如何？"弥曰："汝似庙中之神，恨无灵验。"黄大怒，斩之。刘表命葬之于鹦鹉洲边。

董承自玄德去后，屡与王子服等商议，无计可施，感愤成疾。献帝命太医吉平医之。董在梦中大叫"杀曹操"。吉亦忠义士，遂向董表示忠于汉室之心，并嚼指为誓，愿先杀曹。董甚喜。会董家僮与侍妾私通，怒打之。家僮怀恨，出首，谓董与王子服、吉平等同谋。曹操乃假病诏吉，吉以毒药进。曹泼之于地，砖皆裂，左右遂执之。严刑拷打，吉至死不招。

次日操命文武列于朝堂。取吉平拷之，仍不招。遂将王子服诸人监禁，引吉来见董承。又命拷打吉，吉只是不招。后乃撞阶而死。操命人搜董家，得衣带诏并义状，将董、王等全家老小七百余人处斩。又欲废献帝，谋士程昱谏止。■

且说曹操杀了董承等人怒气未消，遂带剑入宫，告献帝董承谋反。帝误为董卓。曹大声曰:“是董承”。帝骇得战栗不已。曹命人牵董贵妃至。帝告以贵妃有五月身孕，求免。曹不许。伏皇后又请俟孕后杀，曹仍不许。帝与伏后、贵妃皆大哭。曹命人牵出，勒死于宫门之外。

自此外戚宗族，非奉曹操命不得入宫。又令曹洪领三千心腹为御林军，防察宫中。

曹操谓程昱曰:“马腾、刘备在外不可不除。”程昱谓:“马腾可以书慰劳，诱入京师图之。刘备在徐州，不若先征袁绍。”曹曰:“备人杰也，今若不击，急难图矣。”时郭嘉入，曰:“袁绍性迟多疑，刘备新整军，众心未服，可先征。”曹遂起二十万大军，分五路攻徐州。

玄德闻报，命孙乾至袁绍处求救。袁以幼子病重，未能分身，推托。谋士田丰

曰："曹操东征，许昌空虚，保国救民，在此一举，失此机会，殊可痛惜。"袁仍不肯发兵。只言："玄德倘有不如意，可来相投，吾自有相助之处。"田丰以杖击地曰："遇此难逢之机会，乃以幼子病失之，大事去矣，可痛惜哉！"

孙乾回报，玄德无奈，乃与张飞计，先劫曹寨。是夜张飞领轻骑先入曹寨，只见四边火起，知中计。急出寨外，曹兵八处军马杀来，张飞死战出围，投芒砀山去。

玄德为曹兵冲散，亦突围而走。仅剩有十余骑，只得去投袁绍。玄德既至青州，袁绍长子袁谭素敬玄德，便开门相迎，又派人护送至冀州。袁绍亲迎之。

曹操得了徐州、小沛，议取下邳，曰："吾素爱云长，不若令人说之来降。"程昱谓："可引诱其至他处，以精兵截其归路，然后说之。"■

关公在下邳，曹军来战，关公不出，曹兵在城下辱骂。关公大怒，出城迎战。曹军败去。关公追之，曹兵将归路截住。关公冲突不出，只得到一座土山上少歇。遥望下邳城中火光冲天，几次冲下山，皆被乱箭射回。天晓时，忽见张辽跑马上山来。关公知其意，以死誓之。张以大义责之，谓关公若死，既负玄德，又未报汉室。关公沉吟，乃与张约三事：（一）降汉不降曹。（二）二嫂须养赡尊重。（三）若得皇叔去向，便当辞去。张辽回见曹操，皆许之。关公又请先退军，待入城见二嫂，告之。曹操命退三十里。荀彧恐有诈，曹谓："云长必不失信。"关公入下邳见二嫂无恙，禀明其故，然后来见曹。曹亲迎接之，设宴相待。

次日曹操班师还许昌。途中安歇馆驿，使关公与二嫂共处一室。关公乃秉烛立于户外，达旦不倦。曹操益敬之。既到许昌，拨一府与住，又赠金银器皿，美

女十名。关公将金银、美女送入内门。三日于内门外省二嫂一次。曹赠关公新袍，关公以玄德所赐之袍盖之。曹又为关公制纱囊以护须。一日见关公马瘦，以吕布之赤兔马赐之。

却说玄德力劝袁绍，发兵讨曹操。袁乃命上将颜良引兵讨之。颜进攻白马。曹军二将被斩，徐晃亦战不过颜。曹操命人请关公至，谓："河北人马，如此雄壮。"关公曰："某虽不才，愿去万军中取其首级。"言讫奋然上马，提刀冲入阵中，颜良措手不及，竟为关公一刀刺死。曹军乘势攻击，白马之围遂解。曹操谓关公曰："将军真神人也。"关曰："吾何足道，吾弟张翼德百万军中取上将之头，如探囊取物。"曹操大惊，叫人记下。又表关公为汉寿亭侯。

袁军败兵逃回，报知袁绍，谓颜为赤面长须者所杀。沮授谓是云长。袁怒欲斩玄德。玄德以相貌相似者多以自辩，袁仍请玄德上座。■

颜良既死，大将文丑自请报仇。玄德亦请与文丑同行，以探云长消息。兵抵延津，曹操以粮草马匹饵之，袁军大败，文丑挺身独战，张辽、徐晃赶来应战。文丑一箭射中张辽面颊，徐晃亦败走。正危急间，云长拍马舞刀而来，文丑心怯，拨马而走，被云长赶上，一刀砍死。曹军大胜。

玄德听人报说又是赤面人杀了文丑，急趋前来看，只见旗上写着“汉寿亭侯关云长”七字。正欲招呼相见，曹兵大队拥来，只得收兵回见袁绍。有人报说“又是关某杀了文丑”。袁绍大怒，命人将玄德推出斩了。玄德曰：“此操之计，借明公以斩备耳！”袁绍闻之，又延之上座谢过。玄德允作书招云长来。

曹操班师回许都，大宴众官，贺云长之功。忽报汝南黄巾刘辟、龚都甚是猖獗。云长遂自请出兵讨之。操命引兵五万，于禁为副，次日便行。到汝南后，拿着

一个细作。原来是孙乾，说起玄德消息，即与关公商议投袁绍。孙乾遂先到河北探玄德消息。

次日与刘辟交锋，在马上与云长说明愿让汝南之事。云长会意，驱兵夺得了汝南。安民之后，班师回许昌。曹操出郭迎接。

一日，云长忽得玄德书信，命其速来河北。云长便求见曹操，曹知来意，令悬回避牌于门。又往见张辽，亦托疾不出。云长无奈，遂作书辞谢曹操，将曹所赐一切，全留府中，挂印封金，护着二嫂夺门而去。

曹操正与众将议论关公之事，得书大惊曰："云长去矣！"又有北门守将和关公宅中人来报，关公挂印封金及夺门出走事。众皆愕然。大将蔡阳欲追，曹叱退之，并向诸将叹服其人。遂命张辽单骑追告，曹将为他送行，更赠路费、征袍。■

关公护送车仗，缓缓而行。张辽追来，道明其故。关公立马望之，见曹操引数十骑来。曹道明相送之意，先以一盘黄金为赠，关公推辞不受。又以锦袍赠之，关公以刀尖挑袍于身上，称谢而去。曹操叹息不已。

关公拍马来赶车仗，却只不见。忽一少年追来，拜伏于地。关公问之，乃廖化也。因二夫人为黄巾余党杜远所劫，廖知是刘皇叔之夫人，遂杀杜，将夫人送回。关公谢过，引见二嫂。关公因廖是黄巾余党，不愿留他，遂厚谢而别。再与二夫人前行，天晚，过胡华庄，胡华闻是关公，恭敬不已。又作书与在荥阳任太守从事的儿子胡班，请关公顺路带去。关公允诺。

次日至东岭关，关将孔秀不准过，为关公所杀。继往洛阳进发。太守韩福与牙将孟坦同关公战，暗箭射中关公臂，关公杀了两人，连夜投沂水关来。关将卞喜知关公英勇，乃以计取。请关公宴于镇国寺

中，欲于席上害之。镇国寺僧普净和尚乃关公同乡，座间暗示卞喜之谋，故卞动手时，为关公所杀。至荥阳，太守王植安排住于馆驿，欲于夜间举火烧之。从事胡班见关公秉夜读书、器宇不凡，便来拜见。关公以胡华书信示之，胡班密告王谋害之意。关公急引车仗离走，王来追，为关公所杀。至滑州，遇刘延，知延无能，引兵径过。至黄河借渡，秦琪阻之，又为关公所杀。渡河后，往河北而来。路上遇孙乾，谓玄德已投汝南，袁绍不能与谋，可速往汝南与皇叔相会。关公遂往汝南进发。

正行间，背后夏侯惇引兵追来，欲与云长交战；后面一骑飞来，大叫：“奉丞相令，请勿阻关。”夏侯惇问“丞相知他于路上杀把关将士否？”答：“未知。”遂欲与关公战。幸张辽赶至，道明丞相已知斩将士，特令放行。夏侯惇只得退去。关公称谢而去。■

却说关公行了数日，大雨滂沱，寻至郭常庄中暂住。郭常之子来偷马不果。次日关公起行。郭常子与黄巾余党裴元绍阻挡去路，关公道姓名，裴闻之急下马拜见，并谓卧牛山有周仓，亦久欲见将军。正说间，周仓已至，拜于马下，请为关公执鞭随行。关公禀明二嫂，允周仓跟随。行至古城，闻说此地为一张飞将军所占。关公大喜，急令孙乾通报张飞。

张飞闻孙乾通报，挺枪拍马，来见关公。并不交言，举枪便刺。关公惊问，答曰："汝负兄降曹，有何面目见我！"关公申说，又请二嫂证之，张飞不信，只要厮杀。又说关公带曹兵前来赚他。正说间曹兵已至。关公遂说："看我斩了来将再说。"张飞限关公在三通鼓内斩之。关公应诺，舞刀接着来将，问之，乃蔡阳也。张飞一通鼓罢，蔡阳已人头落地。关公捉着执旗小卒问明来历，张飞方才相信。

糜竺、糜芳也寻来相见。众人与张飞同行入城，二夫人诉说前事，张飞大哭，参拜关公。

关公让张飞守古城，自与孙乾到汝南。玄德却又到河北去了。关公令周仓去卧牛山招集裴元绍人马，自己赶到河北来，歇在关定庄上，命孙乾去见玄德。玄德遂告袁绍愿往说刘表，借机径至关定庄来，关公参见，执手啼哭不已。关定又命次子关平拜关公为父。玄德遂与关公取道古城来。先过卧牛山，忽周仓引数十人来见。问之，谓："来一少年将军，将元绍杀了，我亦中枪。"玄德、关公往视，乃赵子龙也。大喜，各诉前事。遂同回古城，设宴庆贺。时玄德共有五千余人，遂弃了古城到汝南与刘辟、龚都汇合。

袁绍闻玄德不回，欲起兵伐之。谋士郭图以刘备不足虑，当前宜速连孙策以攻曹操。袁绍乃派使者陈震往说孙策。■

却说孙策自霸江东，兵精粮足，乃遣人上表朝廷。曹操以曹仁女妻孙策幼弟孙匡。但孙策求为大司马，曹不许。孙策遂有袭取许都之心。吴郡太守许贡上书曹操，谓对孙策，宜外示荣宠，召至京师，否则必为后患。书为孙策所获，执许贡绞杀之。许有家客三人欲报此仇。

一日，孙策引军会猎于丹徒之西山，纵马追一大鹿，遇许贡三家客，以箭射之，中面颊。孙策拔箭回射，亦射死一人；余二人以枪乱刺，幸程普等追至，将二人杀死。孙身受重伤，急请华佗之徒来治。徒谓须静养百日，方保无虞，若怒气冲激，其疮难治。

孙策派去曹操处使者回，问得郭嘉说他只有匹夫之勇之语，急欲起兵取许昌。时袁绍使者陈震亦至，孙大喜，设宴款待。席间诸将纷纷下楼，孙问之，乃于吉道人过此，军民往拜也。孙大怒，命擒至，众苦求，乃囚之。次日命求雨，雨至，

众人拜于水中。孙见状又怒，命武士斩之。

孙策斩于吉后，常梦见于吉披发而来，愈加气忿，以致金疮迸裂。乃诏弟孙权至，与之印绶，嘱其善领江东。又曰：“外事不决，问周瑜；内事不决，问张昭。”死时才二十六岁。

孙权哭倒于床，众劝之。遂承孙策遗命，掌江东之事。孙权字仲谋，生得碧眼紫髯，形貌奇伟。周瑜至，哭拜灵前，吴夫人以孙策遗命告之。周顿首领命，遂荐鲁肃（字子敬）。孙权见鲁肃，鲁曰：“为将军计，惟有鼎足江东以观天下之衅，今乘此方多务，铲除黄祖，进伐刘表，竟长江所极而据守之。然后建帝号，以图天下。”孙权闻言大喜，厚待鲁肃。鲁又荐诸葛瑾。曹操亦奏封孙权为将军，领会稽太守。自是孙权威振江东，深得民心。

袁绍得知曹操与孙权连结，大怒，遂起兵七十余万，复来攻许昌。■

曹操闻袁绍起兵，亦起兵七万往官渡迎之。田丰劝阻袁绍不宜出兵，被袁监禁。沮授又劝袁先取守势，待曹军粮尽然后攻之，袁亦不听。遂与曹迎战。袁布置精兵用箭射曹军，曹军大败。曹乃用刘晔计以发石车破之。袁绍又叫人掘地道，直通曹营，亦为曹破。

曹操在官渡相持两月，粮草不继欲回归。得荀彧书，乃决定继续坚守，后探得袁绍命大将韩猛押运粮草至，遂命徐晃夺而烧之。袁闻知，命大将淳于琼往守乌巢。

曹操军粮告竭，急命人往许昌取粮，文书为袁绍谋士许攸所得。许建议袁急分兵掩袭许昌，袁不听。袁又闻审配反映许攸子侄不法事，严厉斥责之。许攸对袁不满，遂降曹操。曹得之大喜，重待许。许遂献策先烧乌巢之粮。次日，曹自选马步五千，打着袁军旗号，往乌巢进发。

及到乌巢，四更已尽，淳于琼已酒醉，问何处人马？答曰：“蒋奇奉命来守粮。”淳于琼不疑。忽闻呐喊声，急问，言未已，身已被曹军生擒。乌巢之粮尽被火烧。袁军眭元进、赵睿部见火起，急来救应。曹军飞报曹操，要求分军拒之，曹大喝曰：“诸将只顾奋力向前，待敌至背后，方可回战。”众军无不争先掩杀。

袁绍在营中，见火光冲天，急聚众人商议，郭图请劫曹寨。袁绍乃命部将蒋奇引兵救乌巢，张郃、高览劫曹军大寨。蒋奇在半路为张辽所杀。张郃、高览遇着曹兵围杀，死战得脱。郭图恐张、高回寨，归罪于己，遂言张、高有降曹之意。袁绍大怒，急召二人。张、高遂投曹营请降。曹操大喜，均封偏将军。

曹操又发兵进攻袁绍大营。袁急引八百骑奔去。沮授为曹兵俘获，不肯降，被杀。■

袁绍招集败兵，军势复振。自悔不听田丰之言。逢纪向袁诋毁田丰，谓田在狱中抚掌大笑。袁乃命使者往杀田丰。

袁绍回冀州，长子袁谭、次子袁熙、外甥高幹，各引兵数万来。袁重整人马，来战曹操。

曹操闻袁绍又至，遂引兵迎战。两军对阵，袁绍三子袁尚射死曹军将领史涣，袁军大队人马拥来，混战一场。

次日，曹操用程昱十面埋伏之计。先使许褚讨战，引袁绍追来，然后各路人马尽出，袁夺路而走，在仓亭为伏兵所攻，人马死亡殆尽。袁抱头大哭，口吐鲜血，为众人救回冀州养病。遂命袁谭、袁熙各回本州。

曹操大胜之后，重赏三军。忽得荀彧书，谓刘备自引军来攻许都。曹大惊，急

提兵往回赶。玄德与关、张、赵路上遇曹兵。两军接战，玄德大胜。曹军坚守，旬日不出。玄德甚疑，忽人报，龚都运粮被曹军围住，又报曹兵径取汝南。玄德大惊，急令关、张往救。次晨欲回兵，方离寨，曹兵已至。赵云护着玄德杀出重围。又遇刘辟引玄德家小来到。忽张郃、高览引军两面杀来。玄德走投无路，赵云又被冲散，刘辟与高览交战，被砍于马下。危急中，赵云杀来，将高览刺下马，张郃败走。此时云长、翼德亦寻至，说龚都已死。

玄德败退至汉江，兵不满千。从孙乾之计，往荆州投刘表。孙先往游说刘表，刘亲迎玄德，相待甚厚。

曹操欲攻刘表。程昱谓："宜先破袁绍。"曹遂命夏侯惇等守汝南，以拒刘表。自统大军赴官渡屯扎。■

袁尚自斩史涣，负勇骄傲，听曹军到，自引兵相迎，被张辽杀败，急退回冀州。袁绍吐血症候稍愈，闻袁尚为张辽所败，旧病复发，吐血而死。

审配等立袁尚为大司马将军，领冀、青、幽、并四州牧。袁谭闻之，遣郭图来争。袁尚责其不亲至，谓父之遗命，令其为前部征曹。遣逢纪以印绶与之。袁谭按郭图之意，欲先破曹操，后并冀州。不料为曹操所败，只好向袁尚求救，袁尚不肯发兵。袁谭遂斩逢纪，议欲降曹。袁尚闻之，急自起兵来救。袁谭遂罢降曹之议，各自屯兵以拒曹操。袁熙、高干亦各引兵来助。郭嘉劝曹操移兵讨刘表，以待袁氏兄弟内讧，曹操从之。

曹操退兵后，袁谭、袁尚为争夺爵位兵戎相见。袁谭大败，遣人向曹操投降求救。曹大喜，引兵回攻袁尚。袁谭又招降袁尚部将吕旷、吕翔。袁尚退守冀州。曹兵进攻冀州。袁尚驻军城外，与曹操战，大败，尽亡印绶、辎重，往中山逃去。

曹操挥师进攻冀州城，审配坚守，攻之不下，乃用许攸计，决漳河之水灌之。审配被困，其侄审荣私向曹操献城，城遂破。曹招降审配，审宁死不降。此时，又有人擒陈琳至，曹谓之曰：“汝前为本初作檄，但罪状孤可也，何乃辱及祖父耶？”陈琳答：“箭在弦上，不得不发。”左右欲杀之，曹怜其才，用为从事。■

曹操长子曹丕，时年十八，有才气，随曹操出征。破冀州时，径至袁绍家。一将挡之，曹丕叱退之。提剑入后堂，见两妇人相抱而哭。丕问之，乃袁绍妻刘氏、袁熙妻甄氏。曹丕见甄氏玉肌花貌，有倾国之色，遂对刘氏说："我曹丞相之子，愿保汝家。"遂按剑坐堂上。

曹操统众将入冀州，许攸扬鞭近前呼曹曰："阿瞒！汝非我安得入此门。"曹大笑，众将俱不平。

曹操过袁绍府，见门内有人，问之。云是世子。曹唤出责之。刘氏出拜曰："非世子，妾家难保全！愿以甄氏侍世子。"曹唤甄氏出见，曰："真吾儿妇。"遂令曹丕纳之。

曹操既定冀州，亲往袁绍之墓设祭而哭之。众人叹息。曹又厚赐袁绍妻刘氏。

一日许攸走马门遇许褚。许攸唤之曰："汝等无我，安能入此门！"许褚怒曰："吾等千生万死争得城池，汝安敢夸口？"许攸骂曰："汝等皆匹夫耳！"许褚大怒，

按剑杀之，来见曹操。曹深责之，厚葬许攸。又命人访贤士，得崔琰。召为冀州别驾从事。

曹操又出兵攻袁尚、袁谭、袁熙、高幹。袁谭求救于刘表，刘不应。袁谭退保南皮，曹军大至，大破之，杀袁谭。袁尚、袁熙奔边外，投乌桓。曹操又发兵攻并州，杀高幹。并州既定，曹操听郭嘉计，引兵突击乌桓。在卢龙口得袁绍旧将田畴向导，倍道轻骑而进，大破乌桓首领蹋顿兵。袁尚、袁熙乃投辽东太守公孙康。跟从曹操北征乌桓的郭嘉在易州病死，曹操闻之大哭。人以郭嘉遗书送上，则教曹勿进兵，公孙康当能送二袁首级来降。众将不信。不数日，公孙康果杀二人来降。曹即封之为平襄侯。

曹操在冀州，掘得古铜雀一枚，从少子曹植请，修筑铜雀台，自班师回许都。又从荀彧议，分兵屯田，以养精蓄锐，待机南征。■

玄德在荆州，刘表待之甚厚。江夏张武、陈孙谋反。玄德自请引兵平之，并得的卢马。刘表设宴庆功，玄德又向刘献计，可命云长诸将分屯于外，以拒孙权、曹操。刘表大将蔡瑁不悦，因说于姐、刘表后妻蔡夫人，使告刘表，防备刘备。刘表虽未听从，然亦未用玄德之计；只命玄德屯兵新野。是年甘夫人生刘禅，乳名阿斗。

一日，刘表请玄德从新野到荆州相会，宴间忽下泪。玄德问之，刘道："前妻所生长子刘琦贤而懦，次子刘琮蔡夫人生，但碍于礼法不能立。而立长子，则蔡氏族皆掌兵权，后必生乱。"玄德遂教以"不宜废长立幼，蔡氏兵权可徐徐削之"。刘默然。此话为蔡夫人隔屏窃听，益恨之。玄德亦知失言，起身如厕，见髀肉复生，不觉泪下。入席，刘问之，以实告。刘曰："昔曹操以英雄许君，他日当有功业。"玄德醉酒自夸。刘表对玄德之自夸

不以为然。席罢，蔡夫人因劝刘表杀之，刘表不允。蔡夫人召蔡瑁谋划。幸荆州幕宾伊籍素与玄德善，急报知，玄德乃连夜回新野。蔡瑁谋玄德不成，乃构反诗，以陷玄德。刘表先怒，后知其诈，亦不问。

次日，蔡瑁劝刘表到襄阳，巡抚各州道。刘有疾不能行，请玄德代之。蔡瑁大喜，遂到新野请玄德成行。关公、张飞皆劝玄德不去。赵云愿引三百人随往。玄德乃行。

玄德到襄阳，蔡瑁命人把守三门，只留西门，因西门有檀溪隔阻也。又将赵云也请去饮酒。时伊籍在座，请玄德更衣，告以蔡瑁之谋。玄德急拍马出西门去。蔡瑁之兵追至。玄德至檀溪，见追兵至，跃马入水，马忽跃过对岸。蔡瑁追玄德不及，转来。正遇赵云引三百骑赶来。问之，答曰："不知何往。"赵云恐有埋伏，遂引军回新野。■

却说玄德跃马过檀溪，来至南漳，见一牧童在牛背吹笛。牧童见玄德，忽罢笛问曰："将军莫非刘玄德乎？"玄德惊问："何以知吾姓字？"牧童说："我师父多曾说到。"玄德问："师何人。"答："水镜先生司马徽。"玄德即求引见。

至庄前，忽闻琴声，玄德叫童子且休通报，侧耳听之。琴声忽止，一人笑出曰："音中忽起高亢之调，必有英雄听？"童子指曰："此吾师水镜先生也。"玄德慌忙施礼，童子又指玄德曰："此刘玄德也。"水镜请入草堂，问："明公何来？"玄德曰："偶尔经由此地。"水镜笑曰："公必逃难至此。"玄德大惊，乃以实告。水镜问："何以落魄如此？"玄德以命途多艰为答。水镜曰："不然，公左右不得其人耳！"玄德因道自己手下之人。水镜曰："云长、翼

德、子龙皆万人敌，但无善用之人，孙乾、麋竺等乃白面书生，非经纶济世之才也。"玄德曰："奈未遇其人何！"水镜曰："卧龙、凤雏两人得一，可安天下。"玄德问为何人。则答"好、好"。

是夜宿水镜家，夜半有人来，只闻水镜劝其宜投英主。玄德晨起问时，则又答"好、好"。正说间，赵云寻至，乃辞水镜，同回新野。途中又遇关公、张飞来接。

玄德将蔡瑁相害事致书刘表，刘怒欲斩蔡，玄德劝免。又命公子刘琦来谢罪。刘琦见玄德，告以继母常怀谋害之心。玄德教其小心尽孝。刘琦告别，玄德送归，途遇一人，葛巾布袍，长歌而来，歌中道欲投明主之意。玄德邀入县衙，问之，乃颍上人单福也，自愿来佐玄德。玄德与语，大悦，拜为军师。■

曹操常有取荆州之意，特差曹仁、李典诸将领兵三万，屯樊城。曹仁得悉刘备屯兵新野，招军买马，遂与李典等杀奔新野来。单福用三路兵破之，曹仁率兵又来，单派赵云迎敌。并令云长袭樊城。曹仁排八门金锁阵，亦为单所破。二更时分，曹仁引军劫寨，不料单早已做好准备。待曹仁杀入寨中，赵云、张飞四面冲出，曹仁死战得脱。及渡河回樊城时，樊城已为云长夺了。曹仁只好引败军回许昌去了。

玄德入樊城，县令刘泌出迎。玄德收刘泌之甥寇封为义子，改名刘封。遂令赵云引一千军守樊城，自回新野。

曹仁回见曹操泣拜请罪。曹操问："谁为刘备主谋?"曹仁谓为单福。问："单福何人? "程昱曰："此人即颍川徐庶(字元直)也。单福乃其托名。"问："可召来否? "程昱曰："元直事母最孝，若迎其母至，命作书招之，则其必至矣! "曹操星夜

使人取其母。请作书招元直。徐母知其意，谓："吾儿得其主，宁肯弃明投暗！"言讫，取石砚打曹。曹欲斩之，程昱劝止，并诈言曾与元直结为兄弟，待徐母如己母。遂赚得徐母手迹，乃仿其字迹作书致书徐庶。徐急见玄德说明一切。玄德不敢留，次日饯行，二人相对泣。徐泣曰："庶终身不为曹操设一谋。"玄德亦谓"将远遁山林"。徐请另求高贤辅佐，别时送了一程又一程。忽徐庶又回马，玄德大喜，急趋前。谓："某心绪如麻，忘却一事，此间隆中有一贤士，姓诸葛名亮，字孔明。其才胜我十倍。即所谓'卧龙'是也，可亲往求之。"玄德大喜。准备去访孔明。

徐庶至许都，曹与众谋亲迎之。徐入见母，母大惊，问："何故来此？"徐以母书对，母大骂，入内自缢死。徐遂长守母墓。凡曹所赐，俱不受。■

玄德正欲往谒诸葛亮，忽司马徽来见，谓欲会元直。玄德以前事告之。司马徽叹惜，曰："徐母死矣！"玄德又问元直走马所荐之"卧龙"先生如何？曰："元直何必惹他出来呕心血。若论卧龙之才，千古一人耳！自比管仲、乐毅，实可比姜尚、张良。"众皆不信。司马徽辞去，出门仰天大笑曰："卧龙得其主，未得其时也。"言罢飘然而去。

却说玄德安排了礼物同关公、张飞往隆中谒诸葛亮。寻至庄前叩柴门，童子说："今早少出。"玄德惆怅而回。途遇孔明之友崔州平，问安邦定国之策，崔只以数与命相对。三人回至新野。

过了数日，探听孔明已回，玄德便教

备马。张飞谓:“可使人唤来。”玄德不听,时隆冬大雪,冒雪前行。将至隆中,在路旁酒店中见二人作歌,往拜,始知为孔明之友石广元、孟公威。邀请同去访孔明,不愿。玄德三人仍投隆中来。

到庄前叩门问童子时,说在堂上读书。玄德入拜,却是孔明之弟诸葛均。遂留柬而去。方才出门,见一人骑驴踏雪而来。玄德疑是孔明,急下马以待。诸葛均说:“此乃家兄岳丈黄承彦也。”玄德乃辞回。

玄德回新野后,不觉又是新春,遂斋戒三日,薰沐更衣,欲再往隆中来谒孔明。关公、张飞不悦,入谏。玄德曰:“昔齐桓公欲见东郭野人,五返方得一面,况吾欲见大贤耶?”三人遂又同乘马往隆中。■

玄德到隆中，途遇诸葛均。问之，曰："昨暮方归，今日可见。"言罢飘然自去。三人来庄前叩门。童子曰："今日先生虽在家，却在堂上昼寝。"玄德教且休通报，吩咐关公、张飞只在门首等着，自己徐步而入。见孔明高卧草堂之上。玄德拱立待之，半晌未醒。张飞欲放火逼之，为关公劝住。玄德又立了一个时辰，孔明才醒，童子报知，他又入内更衣，半晌方出寒暄，分宾主坐下。

玄德便道及自己欲行大义于天下之志。孔明因论天下大势。曰："荆州北据汉沔，利尽南海，东连吴会，西通巴蜀，此用武之地，将军岂有意乎？益州险塞，沃野千里，天府之国。将军若跨有荆、益，外结孙权，西和诸戎，待天下有变，命上将将荆州之兵以向宛洛，将军率益州之众以出秦川，则霸业可成，汉室可兴也。"因出西川五十四州图曰："宜先取荆州为家，后即取西川建基业，以成鼎足之势，然后可图中原也。"玄德顿首拜谢，求孔明出

山相助;孔明只是不肯。玄德再三相求,曰:“先生不出,如苍生何?”孔明见其意甚诚,乃允相助。玄德大喜,命关、张入见,拜献金帛礼物。在庄中住宿一宵,次日孔明嘱付了诸葛均,自与玄德到新野来。

玄德自得孔明,以师事之,食同案、寝同床。孔明谓曹操在冀州玄武池练兵,必有下江南之志。乃使人过江探听。

孙权承父兄基业,大招贤士。建安七年,曹操命孙权遣子入朝。孙权听周公谨等言,谢使者,自此曹遂欲下江南。建安八年,孙权伐黄祖,战于长江之中,大破之。建安十三年孙权又欲伐黄祖,适孙权大将吕蒙又引黄祖部将甘宁来降。孙权大喜,遂用甘宁计,兴兵十万,以周瑜为大都督、吕蒙为先锋征讨黄祖。黄祖尽起江夏之兵迎战,甘宁、董袭用精兵直入敌船,黄祖兵败将亡,逃亡荆州,半路上为甘宁射杀。孙权以黄祖首级祭父灵,并命甘宁引兵守江夏。■

玄德与孔明正议论黄祖之事，忽刘表来请玄德赴荆州议事。玄德遂与孔明同往。孔明教玄德切不可应请去征讨江东。玄德到荆州见刘表，刘果请议报复东吴之策。玄德即劝刘勿兴兵南征，以防曹操袭击。刘欲死后让荆州与玄德，玄德亦不应允。

玄德回至馆驿，公子刘琦来见，泣拜求救。谓继母不容，命在旦夕。玄德求计孔明，孔明辞以家事不敢与闻。刘琦出，玄德送之，教以来日向孔明如此如此。次日，玄德推说腹痛，挽孔明回拜公子。孔明领命往拜，公子迎入，拜求自救之计，固辞。公子又留入密室饮酒，酒酣又求计，孔明又辞。公子乃托言观古书，约登楼。上楼后公子三拜求计。孔明作色而起，则楼梯已去。公子曰："今上不至天，下不至地，可以赐教矣！先生若不相助，我愿死先生前。"遂拔剑欲自刎，孔明乃

止之曰：“已有良计，公子何不乞屯兵守江夏，此重耳在外而安之计也。”公子大喜，再拜称谢。次日刘琦见父，自请往守江夏。刘表乃命公子引三千兵去。

曹操罢三公之职，自以丞相兼之，手下文武大备。即命夏侯惇领十万人马，杀奔新野来。

玄德自得孔明，如鱼得水，以师礼待之，关公、张飞不服。及闻曹兵至，关、张皆谓使孔明去。孔明教玄德招民兵三千，朝夕教演阵法。又借兵符剑印，集诸将安排。夏侯惇至，赵云领命出战，诈败，引曹兵至博望坡，纵火烧之，曹兵大败。关、张始服。班师回城时，百姓望尘道而拜。

夏侯惇败回许昌向曹操请罪，曹释之。自起兵五十万，分五队出发。太中大夫孔融谏阻，曹怒，时御史大夫郗虑又进谗言，曹操乃收孔融杀之。■

此时刘表病已危重，使人请玄德来荆州托孤。忽报曹兵杀至，玄德急回新野。刘表病中闻讯，大惊，写遗嘱，令玄德佐长子刘琦为荆州主。蔡夫人怒，一定要立刘琮，把着门，不许刘琦前来问病。

刘表死后，蔡瑁等立刘琮为主。忽报曹兵南下，刘琮急聚众商议。众皆主张降曹，蔡夫人赞成。遂差人前往献降书，曹操大喜。使者回时，为云长捉得，见玄德，具说一切。公子刘琦又差伊籍来报刘琮自立事。并劝玄德去取荆州，玄德不允。忽探马飞报曹兵已杀至博望坡。玄德忙叫伊籍回江夏整顿人马；一面与孔明商议拒敌之计。

孔明决计弃新野走樊城。令云长遏

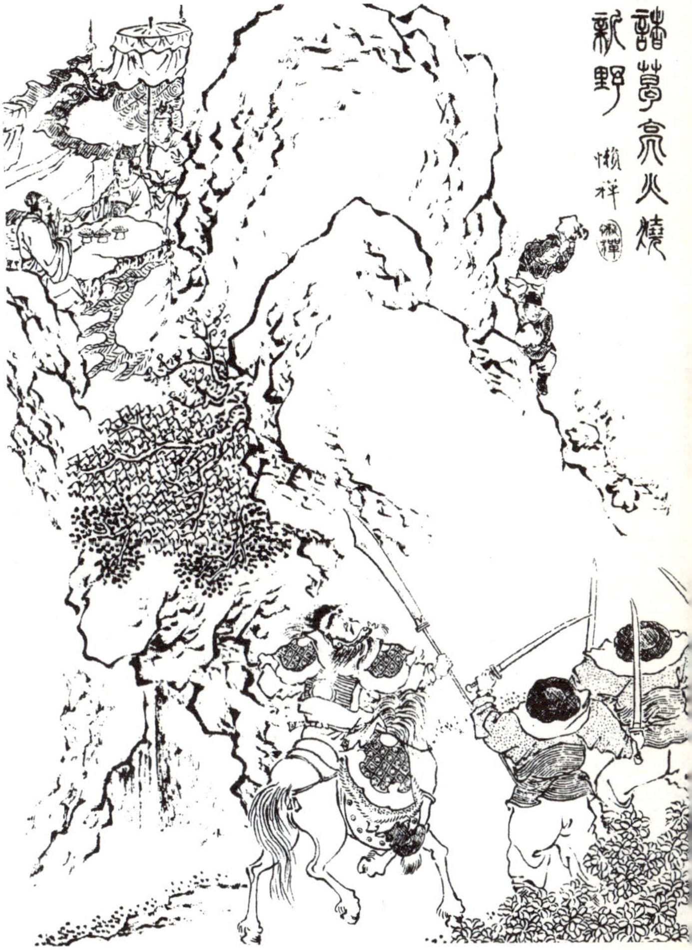

住白河，待人马声嘶，便放水淹之。又令张飞在渡口埋伏。赵云在新野放火，三门俱伏人马，只留东门。再令糜竺、刘封等，伏作疑兵。

曹仁、曹洪引军十万为前队杀来，许褚为前部，曹仁教杀入新野，却是一座空城。是夜城门火起，曹仁等急起，四下里火光冲天，正不知多少人马，急奔东门，遇赵云领军混杀一阵，曹仁等死战得脱。行至白河，人马均至水中饮水。云长听见下游人喊马嘶，叫军士把水放了，曹兵淹死者不计其数。曹仁等夺路走脱，至渡口又遇张飞冲杀一阵。玄德等都渡河到樊城去了。曹仁收拾残兵，仍到新野驻扎，使曹洪报曹操。■

曹操闻报，大怒。分军八路，去取樊城。先命徐庶前去招降玄德，徐庶至樊城，却教速走。自去回报玄德无降意。曹即日进兵。

玄德与孔明弃樊城，携民渡江，至襄阳，蔡瑁不开城，只放乱箭。乃遣云长、孔明往江夏求救于公子。玄德携民向江陵去。令张飞断后，赵云保护老小，每日只走十余里。众将曰："拥民十万，日行十里，几时到江陵？不如暂弃百姓先行。"玄德曰："举大事者，必以人为本，今人归我，奈何弃之！"百姓闻言，莫不伤感。

曹操既得刘琮归降，乃封蔡瑁、张允为水军正副都督。便点五千铁骑追赶玄德。

玄德行至当阳。曹兵已追至。玄德引兵迎敌，曹兵势不可挡，张飞保着玄德，死战得脱。玄德大哭。一会糜芳负箭伤来说"子龙去西北投降曹操了"，玄德不信，张飞便引二十骑到长坂桥探望。张飞恐曹兵见其人马过少，遂在骑兵马尾拴树枝，在林中驰骋，尘头大起，以为疑兵。

赵云因玄德家小失散，又单骑杀入重围，先寻得甘夫人，又救了糜竺，叫糜竺护着甘夫人先回。自己来寻糜夫人。杀了多时，至古井边寻着糜夫人抱着阿斗啼哭。夫人见赵至，将阿斗付托，自投古井而死。赵将阿斗藏于怀中，又杀出来。曹操在景山上望见一将，所到之处，威不可当，急叫留下姓名。赵应声曰："常山赵子龙。"曹曰："真虎将也！"遂令生擒，勿放冷箭，因此赵得脱。这一场赵云单骑救主，杀死曹营名将五十余员。将至长坂，又杀夏侯惇部将钟缙、钟绅兄弟。曹军追来，赵见张飞在桥上，大呼救援。张曰："子龙速行，我自当追兵。"赵自去见玄德，呈上阿斗，时阿斗尚睡未醒。玄德掷阿斗于地曰："为孺子几损我一员大将！"赵忙抱起泣拜曰："云肝脑涂地不能报也。"■

曹军追至长坂桥，只见张飞一人立马桥上，背后尘头大起，不敢前进。张飞见曹操到来，乃厉声大喝："燕人张翼德在此，谁敢来决一死战！"声如巨雷，闻之股栗。曹顾左右曰："昔云长谓翼德，万马军中，取上将之首，如探囊取物，今日相逢，不可轻敌也。"张见曹迟疑，又喝如前。曹操见张飞气概，颇有退心。张见曹军移动，便又叫道："战又不战，退又不退，却是何故？"喊声未绝，曹将夏侯杰竟被骇倒，死于马下。曹操回马便走，曹军自相践踏，死者无算。

张飞见曹军退去，急拆了桥，回见玄德，退走汉津。曹操探知张飞将桥拆断，知前无埋伏，便连搭三座浮桥急追。玄德

正走投无路，幸云长自江夏引万兵截至。曹操以为又中孔明之计，令军速退。

玄德正行之间，又遇见公子刘琦。时孔明亦至，叫公子回江夏，玄德守夏口，作犄角之势。

曹操得了荆州，用荀攸之计，一面起兵八十三万，诈称一百万，水陆并进，连荆峡、接蕲黄，寨栅连络三百余里；一面驰檄东吴，会猎江夏。

东吴闻刘表死，即命鲁肃至江夏吊孝。鲁肃未至，孔明已知。教玄德：鲁肃若问曹军之多少，只推不知；问计策则谓可问孔明。鲁肃遂求见孔明。互谈之后，玄德乃差孔明与鲁肃扁舟径至东吴，与孙权说联合破曹之计。■

鲁肃在舟中告孔明见孙权时，勿言曹操兵之多。孔明允之。既至，待于馆驿，鲁先入见孙权。

时孙权得曹操檄文，以示诸人。问计于众，张昭主降，众谋士和之。孙不语，入更衣，鲁肃随于后，悄语曰："诸人皆可降曹，将军不可降。如肃等降曹，累官不失州郡，将军降曹，位不过封侯，车不过一乘，从不过数人，岂得南面称孤哉！"孙叹曰："诸人议论，大失孤望，子敬与吾见同。"执手问计，鲁谓孔明来此，可问之。孙遂定次日引见。

次日，孔明入。先见张昭一班人，逐一施礼。张昭见孔明丰神潇洒，料他必来游说。因以言挑之，问其既自比管乐，何以佐刘豫州反失荆襄。孔明答曰："刘豫州躬行仁义，不忍夺同宗之业。今之败，

以待时耳。”张昭无语。当时虞翻、步骘、薛综、陆绩、严畯，皆纷起问难，陆绩曰：“刘豫州织席贩履之夫，何足与曹操抗？”孔明驳之，谓：“高祖起身亭长，而终有天下，织席贩履，何足为辱？”众人语塞。此时，黄盖走入大叫曰：“诸葛亮天下奇才，君等殊非敬客之道。”遂与鲁肃引见孙权。施礼毕，孙问曹操虚实。孔明谓曹兵强将广，只宜归降。孙问豫州如何？答以：“豫州帝皇之胄，安肯屈身事人。”孙不悦，拂袖径入。鲁责之，孔明笑曰：“特试之耳。曹兵自能破之！”鲁又以告孙。孙又请见，孔明乃为说孙、刘联合，共同破曹之大计。孙大喜。张昭等闻之，又来劝孙，孙沉吟不决。吴国太曰：“伯符临终有言：‘内事不决问张昭，外事不决问周瑜。’何不召周瑜问之？”孙大喜，急诏公谨入见。■

周瑜星夜从鄱阳回柴桑。休息未定，张昭等文官来见，均请主降。方才去了，程普等武将又来见，均请主战。方出，吕范等文官也来主降，吕蒙（字子明）等武将又来主战。所说不一，周皆顺口应之。

至晚，鲁肃引孔明来见。叙礼毕，周瑜故作欲降状，与鲁争辩不已。孔明却说曹操之能，亦宜求降。鲁大怒。孔明又说："不如送予两人，定可退曹兵。"周问："何人？"曰："大小乔耳！"问："何故？"曰："曹操修铜雀台后，誓欲扫平江东，得二乔以娱暮年。"周不信，孔明因读曹子建所作铜雀台赋。赋原有"连二桥"之句，孔明改为"揽二乔"以刺之。周大怒。孔明故惊问其故。周乃谓："大乔乃伯符之妻，小乔乃瑜之妻也。"因曰："誓破老贼。吾承伯符遗托，安肯降贼。前言戏之耳！"并求孔明相助，孔明允诺。

次日，孙权大会文武，周瑜入。慰问

毕，即以曹檄示之，问应如何？周问众人如何？孙告以文降武战之意。周因问张昭欲降之道。张昭以曹军势大为言。周为之解，并道曹军南征，犯兵家之忌，虽多必败。末曰："瑜得精兵，愿为将军破之。"孙大喜，述已欲战之意。周又曰："只恐将军不决耳！"孙立拔剑，砍去案角曰："有再言降者视此。"便把剑赐给周瑜，封为大都督，程普为副。周即令众将来日在江边听令，违者处斩。

回到下处，周瑜又请孔明议事。孔明谓孙权尚有惧怕曹军兵多之心，宜入解之。周入见，孙果有此心，周解说谓："曹兵号称百万，实十五六万，且已久疲。所得降兵，亦只七八万，尚多狐疑。瑜得五万兵，自足破之。"孙乃释。周见孔明料事如神，遂有杀他之心。

次日周瑜升帐，调遣诸将，井井有条。初时程普不服，此时亦服。■

周瑜与鲁肃等起兵先行，孔明亦受邀同往，至三江口不远歇定。周想先除孔明，便叫孔明去截曹操之粮，企图假曹手杀之。孔明知其意，先应允之。及见鲁，乃以周不能陆战刺激之。鲁回告周，周大怒，曰："竟敢欺我不能陆战耶？"遂不用孔明，自引一军去劫粮。鲁见孔明，说周自去劫粮，孔明才告鲁，谓曹必有防，不可去劫。周听后感孔明之见识胜于他，愈思除之。

玄德在夏口，遥见旗播，知是东吴起兵，遂命糜竺过江犒军，周瑜命糜回请玄德过江一叙。玄德闻之，与云长来见周。孔明闻知，急入中军偷看，见帐外有刀斧手，惊惧。及见云长按剑而立，乃释然自去。周见云长在侧，不敢下手。玄德辞去，孔明在江边相遇，以今日事告之。并请玄德于十一月二十日东南风起后，命子龙驾小舟在江边来接。

曹操令人致书周瑜，周将来书扯碎，

并喝斩来使。随命甘宁等出兵三江口，大破曹兵。曹操责备蔡瑁、张允，并令重练水军。

次日，周瑜往探曹操水寨。见其深得水军之妙，知蔡瑁、张允熟悉水战，遂定计除之。

曹操聚众商议，帐下幕宾蒋干愿过江说周瑜来降。曹大喜，遣之。周闻蒋至，笑谓诸将曰："说客到矣。"遂向诸将附耳授计。蒋至，周设宴招待。但命太史慈监酒，不许谈曹操事。蒋不敢声，周指江东群英与见，又自舞剑作歌，是夜引宿帐中，周佯为大醉。蒋窃得蔡瑁、张允与周相通之信，又闻报江北有人到。蒋乘周酣睡，急回曹营，将蔡、张之信献与曹，曹大怒，立斩蔡、张。须臾方醒悟是周离间之计，乃改任毛玠、于禁为水军都督。

周瑜闻报，大喜，命鲁肃探孔明知否？鲁去探问，孔明全知其计，周大惊，愈思害之。■

周瑜升帐，请孔明议事，先问两军对敌，当以何兵器为先。孔明答为弓箭。周曰："今军中正缺良箭，敢烦先生督造十万枝良箭，望先生勿却。"孔明满口答应，并问期限。限十日，孔明只要三天可得，并立军令状而去。鲁肃谓其有诈，曰："彼自送死。"

孔明只向鲁肃借二十只草船，于第三日晚与鲁一起在舟上饮酒。令军士将船逼近曹营，军士却在船上呐喊。时正大雾，江中对面不见人。曹水军急报曹操，曹命以箭射之。陆寨也来助射。孔明在舟中候了一会，又把船掉转。将至天明，便命军士高叫"谢丞相箭！"遂引船而回。曹闻之，懊悔不已，追之亦不及矣。

次晨在江边，取箭十五六万枝。鲁肃拜服，入见周瑜，周叹服。迎孔明入帐问

计。孔明令各书于掌心，及看时，都是“火”字。

曹操因折箭十余万，心中气闷，荀攸请差人往江东探事。曹命蔡瑁弟中、和两人往诈降。周已知之，吩付甘宁，密授以计。

黄盖夜入中军，与周瑜商议，自愿受刑，用苦肉计。周拜谢之。

次日升帐，周瑜布置粮草事，黄盖不服周调度，周叱之，黄大骂。周大怒，命斩之，众官哀求，始命打一百脊杖。众又哀免，周不许，责至五十，众又劝，周恨骂而入。黄被打得皮开肉绽，昏绝几次。众将无不下泪。

鲁肃见孔明，责其何不相劝，孔明以苦肉计告之。嘱勿告周瑜，否则必又相害。■

黄盖受刑，众官皆来探问。黄不言语，独留参谋阚泽，命其至曹营献诈降书，阚领诺。

夜半，阚泽扮作渔翁径赴曹营，为巡营军士捉见曹操。阚便呈上书信，曹在灯下，反复观看，不觉大怒，曰："黄盖用苦肉计，令汝来下诈降书。"命推出斩首！阚颜色不变，反笑曹无学无能。曹乃改容敬之。命其回与黄盖见机行事。

阚泽归，又与甘宁赚蔡中、蔡和，二人以为他们真心降曹，作书报与曹操。

曹操得了二人书信，疑惑不已。蒋干又表示愿舍死往探军情。曹即令蒋过江而来。

时谋士庞统（字士元）在江东，鲁肃

引见周瑜。周问计，庞亦主火攻。惟须有人献连环计，即将战船连在一处，方能成功。周闻蒋干又至，便请庞如此如此。蒋至，周故作大怒，谓："前坏我军机，今可送西山，不许在军中。"蒋至山中，忧闷不已，夜在西山畔茅屋遇庞统，要庞一起投曹，庞许之。两人星夜下山，渡江投曹营来。

曹操得庞统大喜，与观水寨。时曹军因潮之起落，船甚不平，军士多得病。庞遂献连环计。曹大喜。庞又谓往江东说人来降，遂辞去。途遇徐庶，谓火攻起时，玉石不分，求脱身之术。庞教其如此如此。徐回营，使人散布西凉人马将杀奔许都。曹操大惊，徐乃请往守散关。曹许之，遂脱身去了。■

曹操乘大船巡看水寨。一夜，东山月上，明如白昼，曹宴诸人于船上。酒后起视江中，月色皎洁，四顾空阔。曹望江南，笑孙权、周瑜之不识天时，并谓昔日乔公与吾至契，如得江南，当娶二乔置之铜雀台，以娱暮年。因横槊船头作歌。歌曰："对酒当歌，人生几何；譬若朝露，去日苦多……月明星稀，乌鹊南飞。绕树三匝，无枝可依！山不厌高，水不厌深；周公吐哺，天下归心。"

扬州刺史刘馥谓歌中有不吉之句，曹操大怒，手起一槊刺死之。酒醒懊恨不已。

次日，于禁、毛玠将大小船连环锁

好，便来报告曹操。曹亲观操练。果然军士如履平地，因叹庞统之智。时程昱、荀攸都恐火攻。曹曰："吾亦防之，因无东南风，他若用火攻，是烧自己之兵。"众拜服。

曹军将领焦触、张南为显北军亦能乘舟，领哨船来夺周瑜旗鼓。周令韩当、周泰二将接战，竟斩焦、张。

周瑜在山顶与诸将观看曹军水寨，见曹寨黄旗被大风吹折飘入江中。忽风势大作，江水大起，刮起旗角由周瑜脸上拂过，他猛然想起一事在心，不觉大叫一声，倒于地下。众大惊，急救归。■

鲁肃见周瑜卧病，心中忧闷，来见孔明。孔明自言能医公瑾之病。鲁肃引见周瑜，孔明问："何期贵体不安？"周曰："人有旦夕祸福，岂能自保！"孔明曰："天有不测风云，岂能料乎？"周闻言失色。因向孔明求药。孔明屏退左右密书曰："欲破曹公，宜用火攻，万事俱备，只欠东风。"

周瑜大惊，乃实告求计。孔明谓："曾遇异人传授，可借东风，如何？"周大喜。孔明曰："可在南屏山建一台，名七星坛，人、旗若干。准十一月二十日甲子祭风，二十二日丙寅风息。"周矍然而起，便传令筑坛。

周瑜请各将军准备，只待东南风起。黄盖已准备火船，装载鱼油、硫磺、硝石等引火之物，只等号令。是夜至二更仍无风，周以孔明之言荒谬。但至三更忽闻风声，出视，东南风大起。周骇然，曰："此人夺天地造化，实东吴祸根。"急令护军校尉丁奉、徐盛立斩孔明来见，及丁、徐赶

到，孔明已为赵云接去，追之不及。

周瑜斩了蔡和祭旗，当即会集各队出发。黄盖先行，乘风向赤壁进发，暗与曹操书，约今夜来降。余军兵五队续发。

孔明回去，立即派赵云、张飞去追杀曹操败军。只不遣关公。云长不耐，自请出战。孔明曰："本欲派足下去华容道截击曹操，却又恐足下放走曹操。"云长立了军令状，才领兵去。

曹操在水寨，见月光荡漾，心中甚喜。忽黄盖船到，程昱谓船轻恐有诈，令大将文聘止之。文聘却中箭倒在船中，黄盖火箭齐发，曹军水寨一齐火起。黄盖又引二十只火船，杀入中军来捉曹操。曹船因连环相锁都不能动，幸张辽救曹操上小船，并用箭射倒黄盖，乃得上岸。韩当从水中救了黄盖，令别船送回大寨，又同各路水军杀来。这时风助火势，兵仗火威，曹兵死伤无数。■

且说甘宁令蔡中引军进曹寨深处，一刀杀了蔡中，便到处放火。张辽保着曹操，拼死在火林内夺路而逃。沿途都遇埋伏，损失惨重。又遇陆逊、太史慈统兵冲杀而来，幸遇张郃来救。行至乌林之西，东吴人马渐渐远了。曹见山川险峻，忽然大笑。众问故，曹曰："吾笑周瑜、诸葛亮少智无谋耳，倘此地预伏一军，如之奈何？"话犹未了，鼓声震响，赵云引军杀来。曹操惊得几乎落马，教徐晃、张郃敌住赵云，自己落荒而走。子龙不来追赶，只抢夺旗帜等物。

天忽倾盆大雨，曹操与军士冒雨而行，众皆饥饿，曹令人往村中劫粮。行了数里，许褚、李典保众谋士到。曹大喜，叫走南彝陵。行至葫芦口，兵多疲倒，乃埋锅造饭，马亦放鞍。曹又大笑。众问之，又如前言。正说间，喊声又起，张飞杀出。曹

大惊，许褚、张辽等夹攻张飞，其他人保着曹奔逃。走了数里，追兵渐远，诸将多已带伤。行至华容道，见小路有烟火，操命走小路。路上泥滑不能行走，曹令迟行者斩。此时曹兵人无衣、马无鞍。行了数里。曹又大笑：众问故，曰：“此处埋伏一旅之师，吾等皆束手就擒矣！”言未毕，一声炮响，云长引五百刀校手在前摆开。曹军亡魂丧胆，面面相觑。曹命战，众曰马力已乏。程昱谓云长重信义，可上前哀告。曹遂向前谈昔日之情。云长谓已斩颜良、诛文丑奉报过了。曹又提过五关斩六将之事。云长心动，令军士摆开。曹引众将冲过，云长大叫一声，众将皆下马哭拜，云长不忍，张辽又拍马至。云长叹息一声，并皆放去。

云长归时，孔明喝斩，玄德急救劝免。

曹操回南郡，仰天恸哭：“若郭奉孝在，决不使吾有此大失！痛哉奉孝！”■

且说周瑜收军，大犒三军，申报吴侯。遂进兵取南郡，忽玄德差孙乾送礼称贺。周闻玄德、孔明都在江油，大惊。遂与鲁肃引兵三千至江油答谢。孔明安排好军马，使赵云去接。坐中问及南郡之事。玄德谓："若都督不取，备必取之。"

周瑜辞回，令蒋钦去取南郡，为曹仁所败。周大怒，自引军去攻，又令甘宁取彝陵。曹仁闻之，急令人引军救曹洪，并命曹洪先弃城，让甘宁夺了城，然后半夜杀回，再将城包围。周闻报大惊，令凌统代领大军，自引军来襄陵救甘宁，将曹洪等杀退。回军正遇曹仁，混杀一阵，各自收军。曹仁与曹洪商议，同看曹操临行所遗之计。看后大喜，遂陈兵城外，作欲走

计。周见之，领兵来战，曹兵战败，绕城而走。周领人便来抢城，方才到城门，两边乱箭射下。先入城的都陷入坑中。周身上亦中一箭，东吴兵大败。周回寨，将箭疮包好。医者谓箭上有毒，需慢养，不宜发怒，否则会复发。

周瑜遂用阵前诈死计，引曹军半夜劫营。曹军果中计，被吴军杀得大败，往襄阳而走。周瑜转来取南郡，南郡却早为赵云夺了。周大怒，引兵攻城。城上乱箭射下。周命人去取荆州、襄阳，忽两处探马报说："孔明自得南郡，便用曹仁兵符取了荆州、襄阳。"周怒气攻心，大叫一声，昏倒于地。众人救归，大骂孔明，誓欲杀之。■

鲁肃劝周瑜：方今不宜与刘备攻战，容某先以理说之；若说不通再动兵不迟。周从之。

鲁肃至南郡，玄德已去荆州。鲁又投荆州，孔明接待。鲁肃说皇叔取荆、襄之不合理。孔明谓荆、襄乃刘景升之地，今吾主以叔保侄守荆、襄，亦不为过。鲁谓何以公子不在荆州？孔明便命人请公子出见。果见左右扶公子刘琦出。时公子方抱病也。鲁愕然，便问若公子不在，可否还吴？孔明许之。鲁回报周瑜。周气犹不息。此时孙权在合肥与曹军作战不得利，

教周拨兵将助战。周乃回柴桑养病，命程普等去助战。

玄德得荆、襄后，伊籍荐贤士马谡、马良等人。玄德问计于马良，马良请先取长沙诸郡。于是玄德与孔明等进取零陵。孔明用计得胜，太守刘度请降。

赵云自请取桂阳，太守赵范出战不利，请降。赵范欲以寡嫂妻赵云，赵云不允，赵范羞怒，欲害赵云，为赵云识破，擒赵范。玄德与孔明亲赴桂阳，赵云接入，推出赵范。孔明问之，赵范言欲以嫂嫁赵云之事。玄德为之调解，释赵范，重赏赵云。■

张飞因赵云立了功，自己也请引三千军来取武陵。太守金旋不听从事巩志之劝，执意出战，大败而回。巩在城上乱箭射死金旋，迎张飞入城。玄德后至，命巩为武陵太守。

玄德遗书云长，谓翼德、子龙，都夺得城池。云长亦上书愿取长沙，玄德大喜，令张飞替云长守荆州。云长既至，孔明言长沙有一员大将名黄忠(字汉升)，万夫不当，要多带兵马。云长却只引五百人前往。

长沙太守韩玄命黄忠出战，两人不分胜负，黄忽马失前蹄，云长释之。次日，黄用箭射云长，亦只中盔缨，报不杀之恩也。韩见之，谓黄私通刘备，命斩。忽义阳人魏延挥刀救了黄忠。魏延又率百姓杀

上城头，斩了韩玄，来降云长。玄德、孔明到来，黄不肯降，玄德亲往黄家请之，乃降。魏延来见，孔明以魏脑后有反骨命斩，玄德救之。

却说孙权在合肥与曹操大将张辽多次交锋，未分胜败。程普兵到，孙大喜。忽张辽来下战表，孙权应战，当即传令五更进军，辰时与曹兵对阵。张辽纵马先出，专搦孙权决战。太史慈挺枪出战，斗七八十合，不分胜败。曹军将领乐进、李典从刺斜里迳取孙权，杀死孙之护卫宋谦，吴军大乱，四散奔走。孙权本人亦被张困住，后为程普救出。太史慈不甘心失败，乃于夜间劫营，张辽设计诱太史慈入城，乱箭射死之。孙权乃罢兵回东吴。■

却说玄德在荆州闻报公子刘琦病死。鲁肃亦得报，遂来索荆州。孔明言皇叔仍要暂借荆州，待夺得西川再还。周瑜埋怨鲁又上了孔明的当。过了数日，忽有细作回报：刘玄德之甘夫人死了。周急与鲁商议，谓吴侯有妹，可使人与刘备做媒续弦。令刘备入吴，那时荆州、刘备均为吾有矣。鲁便去见孙权，商妥令吕范为媒。

孔明知其意，教玄德应允这门婚事，并令与赵云同往东吴，走时授赵三个锦囊妙计。既至东吴。赵云先开第一个锦囊：谓命人去市上办礼品，使吴中人人均知玄德来娶孙权之妹。又请见乔国老入告吴国太。吴国太对此事全不知情，急召孙权责骂，又骂周瑜。因玄德已来，只好请玄德在甘露寺相见。吴国太见玄德仪

表非凡，却又大喜，乃设宴款待。孙在甘露寺布置下刀斧手。玄德闻讯泣告吴国太。吴国太大怒，责骂孙，孙推说不知。刀斧手抱头鼠窜。

玄德又求乔国老，早日完婚。乔国老与吴国太便择日为玄德成婚，成婚时红炬引玄德入洞房，但见侍婢皆佩刀剑，不觉失色。孙夫人乃命侍婢撤去刀剑，服侍新人。婚后玄德与孙夫人两情欢洽。

孙权急将实情报知周瑜，周大惊，修书致吴侯，教软禁玄德。孙遂以女乐玩好之物送玄德。玄德果乐而忘返。赵云想起军师曾言年终开第二锦囊，遂开启视之。乃着其急报玄德，说曹兵南下荆州，甚是危急。玄德乃入告孙夫人要急返荆州，夫人愿随往。■

玄德乃与孙夫人共谋，推说元旦去江边祭祖，然后不告而别，往荆州方向奔去。当日孙权醉酒，次日闻之大怒，把桌上玉砚摔得粉碎。令陈武、潘璋二将追之。程普谓有孙夫人在，必追不转。孙权又取佩剑付蒋钦、周泰，命斩玄德夫妇。

玄德正行，早有周瑜留下的丁奉、徐盛拦着去路。赵云将孔明第三锦囊付与玄德，玄德看后便来告孙夫人丁、徐拦路。孙夫人大怒，立即喝退丁、徐二将，自往前进。陈武、潘璋追来，又为夫人喝退。

四将转去，正遇蒋钦、周泰，说有孙权佩剑。六人便又追来，一面命人飞报周瑜。

玄德在危急之际忽见岸边有船，急忙下船，孔明却已在船中令人高呼六将回报周都督，休用美人计了。时周瑜已领水军赶来。孔明命船靠北登岸。周也登岸赶来。却遇云长、黄忠、魏延领兵杀来，双方冲杀一阵。吴军不敌撤回船中，孔明叫军士在岸上大叫："周郎妙计安天下，赔了夫人又折兵！"周闻之，气极昏倒，众人急救，开船回去。■

周瑜一行回柴桑，向孙权禀报，孙不胜愤怒。即欲起兵取荆州。张昭等谏止。顾雍谓宜遣人赴许都，表刘备为荆州牧，使刘备不恨主公，然后使心腹行反间计，以激化刘、曹之争。吾乘隙而图之。孙权命华歆为使。

当时曹操正在邺郡铜雀台大宴文武。令武将射红心夺锦，徐晃、许褚、文聘、张郃等各受赐锦绢一匹。又命文臣作诗。方作铜雀台诗，忽闻孙权使华歆由许都转来，请曹操表刘备为荆州牧。曹操以为孙、刘已和好，不觉大惊。乃

用程昱之计，表周瑜为南郡太守，使孙、刘不和。华歆留为大理寺少卿，不再返吴。

周瑜既领南郡，更思报仇。命鲁肃往荆州说玄德，愿代取西川，索还荆州，实为“假途灭虢”之计。此计为孔明识破，当周引军到荆州时，玄德、孔明之伏兵悉起，扬言要捉周瑜。周不觉金疮迸裂，不省人事。又闻玄德、孔明在山畔饮酒作乐，愈怒。忽孔明有书至，周览书长叹。自知不起，作书报吴侯，临死曰：“既生瑜，何生亮！”年仅三十六岁。■

孔明闻周瑜已死，便具备祭礼，带了赵云，径至柴桑吊孝。众将接入。孔明读罢祭文，放声大哭。泪如涌泉，众将无不叹息。谓："人尽道公瑾与孔明不睦，今观其祭奠之情，人言皆虚也。"鲁肃亦为之伤感，自思也是公瑾气量过小，孔明却是多情之人。遂厚待孔明。

孔明下船，忽遇庞统，便作荐书，教有不如意时可投玄德。庞由鲁肃荐与孙权。孙权不用。鲁肃因作书荐与玄德。庞统过江见玄德，并不用两人荐书。玄德仅

以耒阳县任之。庞遂终日饮酒不理事。玄德遣张飞问之，同僚曰：庞统只用半日即将一月之事办毕。张飞大惊，拜谢。回报玄德，玄德急见，庞统乃呈上鲁肃荐书。忽报孔明回，问及荐举庞统之事，玄德这才知道自己慢待了庞统，遂急迎庞统为副军师。

曹操听荀攸言，诏马腾入许昌，设计除之。会马腾与曹操门下侍郎黄奎谋杀曹操，计划泄漏，遂遇害。其侄马岱逃回西凉，报告马腾之子马超。■

马超字孟起，骁勇善战，人称“锦马超”。闻父死，哭倒于地，众将救起。遂联合马腾生前之结拜兄弟韩遂，起西凉二十万兵来取长安。曹操的长安郡守钟繇被马岱杀败，长安城亦在半夜被马超部将庞德(字令明)占领，钟繇弃城而逃。马超取长安后又向潼关进兵，曹操乃令曹洪、徐晃死守潼关。马超兵临潼关，曹洪守关不出。马超令军士谩骂曹操三代祖宗，曹洪大怒，领兵杀出关外，被马超、庞德埋伏的军马打败，潼关遂被马超拿下。

曹阿瞞割鬚棄袍

曹操欲斩曹洪，众人告免。曹操自引军前来与马超对阵。曹将战不过马超，大败。乱军中人言穿红袍者是曹操，曹急脱去红袍。人言长须是曹操，曹又割去须发。马超飞马来追曹操，即将赶上时却被曹洪救了。

次日，曹军渡北河撤退，马超又赶到。曹操急忙下船，马超以箭射之，曹伏在许褚足边得脱。

当夜，马超领兵劫营，又大败曹兵。曹操日间不能立寨，乃乘夜用沙土冰冻法筑土城御之。■

马超闻许褚勇猛，至曹军，单叫许褚快出。许出马，相交一百回合不分胜负。换马又战一百回合，许飞回阵中将衣服、盔甲脱尽，赤体上阵，与马再斗，战半酣，各将枪挟着，折断后在马上厮打。这时西凉军冲杀过来，曹兵大败。许亦身中两箭，曹军急退土城，坚壁不出。

曹操见马超猛勇，曰："马儿不死，吾无葬身之地矣！"时马超因徐晃占了西河，便欲退兵。贾诩向曹献计："马超乃一勇之夫，不识机密，丞相作书一封与韩

遂，中间朦胧，要害处涂抹，故使马超知之，使两人生疑互斗，超可图也。”曹依计行事。果然马与韩闹翻。马欲杀韩，韩欲杀马。两人互斗时，马砍去韩左手。此时曹兵四至，马往临洮逃去。

曹操收兵回长安，重赏文武。班师回朝，献帝亲迎之。时汉宁太守张鲁占汉中，听阎圃之言，欲发兵并吞益州。益州牧刘璋闻之，急聚众商议。益州别驾张松（字永年）愿往说曹操拒张鲁。刘璋喜而遣之。■

曹操抹書間韓遂

硯田老農

张松到许都见曹操，杨修先与问难。张松对答如流。杨修以《孟德兵书》示之，张松过目成诵，谓为古书。杨修以告曹操，曹曰："莫非古人与我暗合？"令人毁之。

次日，曹操令张松入见，张又当面讽之。曹令人乱棒打出。张松乃到荆州。玄德早派赵云、关公在半路殷勤相接。到荆州时，玄德又同孔明、庞统亲身来迎。张大喜。乃说玄德西取益州，并向玄德献上地图，允为内应。

张松回成都将曹操、玄德情况回告

刘璋，力主迎玄德入川为援。主簿黄权、帐前从事官王累等极力反对，死劝刘璋不可引刘备来川，刘不听。命张松之友法正去请玄德入川。玄德遂令孔明、关公、张飞、赵云守荆州，自己与庞统、黄忠、魏延等至西川。

玄德至西川，入涪城，与刘璋会面饮宴，庞统劝玄德在席间杀刘，玄德说刘璋是同宗兄弟，不能下手。此时，张鲁整兵将至。刘璋请玄德至葭萌关拒之。玄德欣然引兵而去。■

且说孙权闻玄德去葭萌关，便与诸文武商议进兵攻取荆州，却为吴国太阻止。孙为妥善计，乃派心腹将周善到荆州接孙夫人且将阿斗一并带回，用以要挟刘备。

周善到荆州推说国太有病，便与夫人、阿斗上船。赵云听说后旋风般赶来。周不睬，只开船前进。赵由小船跳上大船，军士不能敌。孙夫人喝之，赵夺了阿斗，到船头立着。船行甚急，赵孤掌难鸣。幸张飞也闻得消息，驾船赶来。张上大船，周善来迎，被张杀死。孙夫人愤怒责之。张与赵商议，既得阿斗，不必再逼夫人，遂回。行不数里遇孔明引大船队来接，一面报知玄德。

孙权听说杀了周善，便欲起兵攻荆州。忽报曹操起兵四十万来报赤壁之仇。孙大惊，且按下荆州，急聚众商议。吕蒙

进曰:“可于濡须口筑坞拒之。”于是孙下令筑濡须坞。

却说曹操在许都,威福日甚,拟继位魏公,加九锡。荀彧反对,曹深恨之,兴兵下江南前,竟逼其自杀。

曹操引兵至濡须口,见吴兵布置精当。叹曰:“生子当如孙仲谋;刘景升之子,豚犬耳!”曹兵在濡须与吴兵三次交锋,均失败,曹有退军之心。忽孙权遗书至,劝其退兵,曰:“即日春水方生,公当速去。如其不然,复有赤壁之祸。”末云:“足下不死,孤不得安!”曹笑曰:“仲谋不欺我也。”重赏来使,下令班师。

时孙权因长史张纮死后,遗书劝建都秣陵,作长久之计。故亦收兵回秣陵。又用张昭计,修书二封,一致刘璋,言刘备将连东吴来攻西川;一致张鲁,教进兵荆州。着刘备首尾不能救应。■

却说玄德在葭萌关甚得民心，忽得文书，知孙夫人已回东吴、曹操兵犯濡须。庞统曰："主公可驰书刘璋，欲勒兵回荆州，与孙权共破曹操，请其发精兵、行粮相助。"刘璋乃以老弱、少粮与之，玄德大怒曰："吾为汝御敌，汝如此吝赏，何以使人效命！"乃扯毁来书，大骂而起。刘璋使者逃回成都。玄德乃与庞统议取西川之策，庞献计杀涪关守将杨怀、高沛，然后回成都。玄德遂假说要回荆州。至涪关，杨、高亦假意来送，实则暗藏利刃，欲杀玄德。玄德令人擒之，又用降兵赚开关门，遂取涪关。

刘璋闻之大惊，乃令刘璝、冷苞、张任、郑贤四将并五万大军往守雒城，以拒玄德。四人议定，郑、冷去离城六十里下寨。张、刘守城。

玄德闻之，便问诸将谁人敢建头功，

前去劫寨。黄忠愿往，魏延亦欲往，两人互相争论。庞统乃令各劫一寨。

魏延欲得功，绝早便去，且先劫冷苞寨。哪知冷早有防备，魏大败。败退途中又遇郑贤杀来，正危急间黄忠赶来，杀了郑。魏感到无颜，乃伏兵于小路擒获冷苞。冷被擒后，假说愿降，玄德放了他。

冷苞回城后与张任设计水淹玄德。突有蜀中名士彭羕来见玄德，玄德礼待之。彭为玄德说破冷、张决水之计。玄德令黄忠等伏兵预防。冷苞决水时又被擒住，玄德斩之。

孔明在荆州遣马良奉书玄德，建议进军雒城，应谨慎从事。庞统急欲进兵，对孔明之议未予重视，即令法正画出雒城地图。然后按图布军兵，庞自走小路，请玄德走大路。行时马忽前失，玄德因以自乘白马换之。■

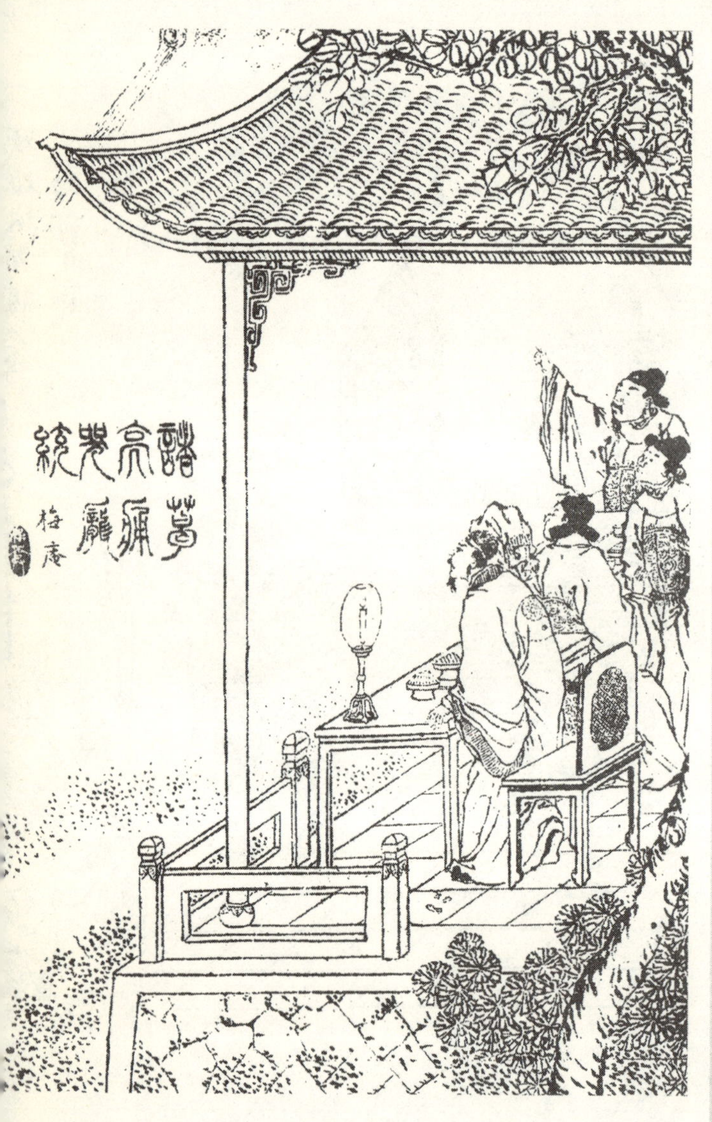

张任闻玄德分两路来，遂领兵在小路埋伏。庞统催兵前进，行到落凤坡，魏延前部已过，庞闻地名不佳，急退。张任见庞乘白马，道是玄德，乱箭射来，庞遂遇害，年三十六岁。是时汉军拥塞，往退不得，死者大半。魏延无法，挥军杀奔雒城来，被张任困住，幸有黄忠来救。玄德只好退兵，坚守涪关。叫关平回荆州请孔明率军来会。

孔明得庞统死讯，大哭。众皆落泪。孔明遂将荆州印绶交与关云长，嘱曰："宜东和孙权，北拒曹操。"遂自统军向西川进发。又令张飞引一军取大路奔巴郡，赵云引一军溯江而上，一起会于雒城。

张飞遵孔明之教，一路秋毫无犯，所至俱降。至巴郡，有老将严颜拒守。张连日

攻城，颜只是坚守，并不出战。张飞眉头一皱，思得一计，假作要偷渡巴郡，故意使严知之。严便引兵在半路埋伏。遥见张飞已引军过去，便急忙领兵截击杀出。哪知人声喊处，背后一将赶到，却正是张飞，一举生擒了严颜。前面过去的却是假张飞。张见颜大怒，恨其拒守，欲斩之。严不畏惧，叱曰："贼匹夫，砍头便砍，何怒也！"临死面不变色。张敬其壮勇，乃亲解其缚，改容拜谢。严遂降，并自请为前部。所到之处，尽出请降，故张飞一军很快即到雒城郊外。

玄德与黄忠、魏延继续攻打雒城。玄德在东门，被张任袭击，败走。危急间，张飞杀来，打退张任。玄德极感张飞入川之速，并重赏严颜。黄忠、魏延两军亦被围，玄德、张飞急往救之。■

次日，张任及辅将吴懿引军与张飞军作战，两将围住张飞，使其进退不得。忽一将杀来，救出张飞，并生擒了吴懿，视之，乃赵云也。赵曰："军师已到。"两人遂回寨。玄德亲解吴懿之缚，吴降汉。

孔明既到，嘉许张飞之功，商议攻取雒城之计。吴懿谓宜先捉张任。孔明乃在金雁桥侧设伏，令张飞、黄忠等依计而行。

张任出战，见孔明军伍不齐，引军杀来。追至金雁桥，见玄德在左、严颜在右，包围过来，心知中计。又见赵云勒兵北岸。遂投南而走，正遇黄忠、魏延伏兵突起，马步军均受重创。张任只好引十数骑往山坡逃去。忽然转出张飞，生擒了张任。

玄德劝张任投降，张大骂。孔明命斩之，以全其名。遂起兵攻雒城。蜀将张翼

杀了刘璝出降。玄德入了雒城，令各降将，四处去招抚州郡，再起兵取绵竹。

刘璋闻报，令南阳人李严守绵竹。一面向汉中张鲁求救。

却说马超自结连羌人，攻取陇西州郡，唯冀城不下。后冀城刺史韦康因救兵不到，请降，马取城后反而杀之。部下杨阜借历城姜叙兵来复仇。马引兵杀来，却遇曹将夏侯渊来救。马急回冀城，城里早将马全家杀死。马乃率庞德杀条血路，至历城。城中以为是姜叙回来，开城迎入。马洗历城，杀姜全家。次日夏侯渊大军赶来，马弃城走，正遇杨阜，马超恨极，杀死杨兄弟七人，杨亦身受重伤，曹军赶至，马急投张鲁。张派马超攻取葭萌关。并令杨柏监军，马、杨两人奔葭萌关来。庞德因病，留汉中。■

却说玄德在雒城整顿军马，孔明曰："可速进兵取绵竹。如得此处，成都易取矣。"遂遣黄忠、魏延领兵前进。黄与绵竹守将李严交锋，四五十合，不分胜负。各自收兵。

次日，孔明令黄忠诱李严至山峪，重兵包围之。孔明劝之降，遂下绵竹。方欲进取成都，忽葭萌关告急。孔明急请玄德与张飞同去迎敌。自与子龙守绵竹。

魏延为前部，先胜杨柏，后与马岱战，为马岱射中左臂。幸张飞来救。次日，马超至城下，玄德见之，叹曰："人言锦马超，名不虚传。"张飞不服，下关与马超交战，百余合，不分胜负。换马再战，至夜又战，只是不分胜负。

次日，孔明到，令勿出战。命人携带金银从小路至张鲁部将杨松处行贿。许

表张鲁为汉宁王，请命马超退兵。张便差人召马还，马不听。杨乃扬言马超反。马闻而惧，引还。杨又谓马必反，令人拒之。马进退不得，孔明乃令马故人李恢往说之，马来降。遂同至绵竹。

马超先率军至成都，刘璋大惊，聚众商议。部下谯周、秦宓劝降。刘璋无奈，乃迎玄德入。玄德令为振威将军，迁至公安。

郡内诸官惟黄权、刘巴不出，玄德自请之，乃出降。玄德遂自领益州牧，大赏三军。玄德欲将成都有名宅田分赐功臣。赵云曰："宅田应归百姓，民心方服，不宜夺之。"玄德从其言，民大悦。

云长在荆州，欲入川与马超比武。孔明作书谓："孟起只可与翼德等争衡，未及美髯公之绝伦超群也。"云长见信大喜曰："孔明知我心。"遂无回川之意。■

孙权闻玄德取得西川，乃与张昭计，假意执下诸葛亮之兄诸葛瑾家小，令至西川求诸葛亮还荆州。诸葛瑾至哭求，玄德许平分荆州。但孙权派人至荆州索地，云长不允，并将来人尽行逐回。孙大怒。

鲁肃献计，骗取关公过江杀之，然后一鼓下荆州。遂命吕蒙埋伏人马，自作书与云长，请过江饮宴。

云长知其意，令关平引兵在江边接应，自与周仓单刀赴会。宴席间鲁肃提起荆州之事，云长只推不知。鲁又提久借不还之语，周仓大呼曰："有德者，自宜居之。"云长夺周手中刀，曰："国家事，汝何得多言，可速退。"周会意，急出招呼关平将船移来。云长执鲁肃之手至江边曰："荆州事，来日至荆州议可也！"遂作谢上船去。吕蒙等见云长执刀牵着鲁肃，遂不敢动。

孙权闻之，欲以兵讨之。忽报曹操又起兵三十万杀来，乃命鲁肃移兵合肥以

拒曹兵。

曹操方欲起兵，傅干上书劝曹待时而动。遂罢南征。

曹操在朝愈见专横，伏皇后不堪，遂密修书教父伏完设计谋曹。密书由宦官穆顺藏在头发中携出。此事被曹发觉，搜得密信。立令先收皇后玺绶，复令华歆将皇后拖出，乱棒打死。又将伏完、穆顺等二百余口，尽斩于市。

曹操又请献帝立女曹贵妃为后，帝焉敢不从，遂册立之。侍中王粲等欲尊曹操为魏王，荀攸曰："不可。"曹怒曰："此人欲效荀彧耶！"荀攸闻知，忧愤而死。

曹操与大臣商议灭吴收蜀之策。又诏曹仁、夏侯惇回许都商议。夏侯谓宜先收汉中再下西蜀。曹从其言，遂起兵西征。

张鲁闻报，急遣大将杨昂、杨任把守阳平关，以拒曹兵。■

却说曹操兴兵西征，至阳平关，被杨昂、杨任杀败，又相持数日。曹操乃假作退兵，却伏精兵袭其后。杨昂见曹退，来追，为曹兵截杀。杨任弃关走。张鲁闻之，欲斩杨任。杨请再战，死于阵中。阎圃因保庞德出战，张鲁依之。曹派大将敌之，数日不下。曹甚焦急，乃命人贿赂杨松使诬庞受曹贿赂，张鲁责备庞，令其来日出战，不胜即斩。次日，庞引军出战，曹操诱而擒之，庞遂降。张鲁知不能敌，乃封仓闭库连夜躲入南山。曹入南郡，见张封仓闭库，甚怜之。劝之降，不听。曹领兵与战，张败回，杨松闭关不纳，张鲁无路可走乃降曹。曹厚待之，封为镇南将军，阎圃亦封列侯。惟杨松卖主求荣，命斩之。

西川百姓闻曹操平定汉中，料必来取西川，一日数惊。孔明乃设计，令伊籍入吴，交还前言平分荆州之长沙四郡，请孙权起兵攻合肥。

孙权亦知孔明之计，但因曹在汉中，亦欲乘势攻取合肥，遂进兵。吕蒙、甘宁先攻取了皖城，再进兵攻合肥。

张辽在合肥按曹操锦囊妙计，乃与李典埋伏人马，令乐进出，诱孙权来追。

乐进出战，不数合，即败走。吕蒙等在前、孙权在后，一齐追来。行至逍遥津，一声炮响，张辽、李典引伏兵杀出。凌统教孙权急退，张辽已率大军杀到。凌拼死作战，孙乃得夺桥逃命。凌身中数枪，吕蒙等亦死战方得逃脱。这一战杀得东吴人人害怕，小儿闻张辽之名，不敢夜哭。■

曹操闻孙权攻合肥，自汉中领四十万兵来救。凌统引三千人往战，未胜。甘宁自请引百骑夜劫曹营。孙权壮之，令拨帐下精锐百人去。甘以酒食款百人而激动之，群心愤然。是夜，各插白鹅翎一枝为号，披甲上马，飞奔曹营，径取中军，来杀曹操。曹营不知来了多少人马，陷入混乱。幸中军围得铁桶相似，冲突不入。甘引百人由南寨而出，不折一人一骑。曹军恐有埋伏，不敢追赶。

孙权闻甘宁归，亲出寨迎之。赐以锦罗，甘分赐百人。

次日交战，凌统几危，幸甘宁以箭救之。自是凌与甘结为生死之交。

曹操分兵五路，进攻孙权，孙大败。董袭、陈武诸将均死。孙被围，周泰死命救出，身受重伤。孙抚其背，泪流满面。

孙权不能取胜，乃从张昭之谏，与曹

操求和，愿上岁贡，双方罢兵。

曹操回许都自立为魏王，立子曹丕为世子。尚书崔琰反对，被杀。

一日，曹操欲食柑，命人于吴中取之。孙权与以四十担。回许都，柑皆空壳。曹操惊疑，忽有道人左慈来见，劝曹入山修道。曹谓:“朝廷无人。”左谓:“刘皇叔可代。”操疑左是细作，命人监禁之，七日不与饮食，竟无恙。

又一日，曹操宴文武，左慈忽至，曹命他取龙肝、牡丹花、鲈鱼等，竟能一一取来。众大惊。左敬曹操酒，曹不饮，掷杯于空中，化为白鹤。左出宫，曹令许褚追之。左入羊群中不见，褚斩羊头。左以羊头置羊腔，羊复活。曹闻之，画图捉之。一日捉得与左同形者三四百余，曹命人尽斩之。尸出青烟，聚于空中，左骑白鹤在上。正看间，忽诸死尸奔厅上来打曹操。曹惊倒于地。■

曹操因左慈之事，惊而成疾，服药不愈。令太史许芝卜课，许荐神卜管辂。管至，曹问左慈之事，曰："幻术耳！何必为忧！"曹心安，遂渐好。

曹操又问以天下之事，管辂辞以不能。只言："定军之南折伤一股。"问子孙，曰："子孙极贵。"曹赐之爵，不受。又令卜吴、蜀二处。曰："东吴主损一大将。蜀有兵犯界。"曹不信，不数日，合肥来报："吴将鲁肃身故。"又蜀张飞、马超兵犯下辩。曹怒，欲进兵汉中，问管辂，曰："未可轻动。来春许都有火警。"曹以其言多验，遂止之。令曹洪引军三万，助夏侯渊、张郃守东川。又差

夏侯惇领兵三万，巡警许都。长史王必领御林军。

时有丞相府旧人耿纪、韦晃欲讨曹操，乃约王必部下金祎及太医吉平之子吉邈、吉穆同谋，欲先杀王必。

正月十五夜，五人在许都聚家族举事，四处放火。王必来救，为耿纪一箭射中。王急行逃走，探得五人同谋，急报曹休。曹休领千余人入城拒敌。时城中火光冲天，闻人喊叫:“杀尽曹贼，共扶汉室。”夏侯惇闻警，急引兵围了许都，又引一部军马入城，混杀至天明，将五人家小全都拿着，使人飞报曹操。曹令解至邺都，一一斩首，又杀朝官百余人。■

却说曹洪引兵至汉中，战胜吴兰，马超不出。曹洪欲退兵，张部不允，自领兵攻巴西。曹以管辂之卜止之。张部不听，立军令状而去。

张部引兵三万，分扎三寨。三寨中各分一半去取巴西，张飞与雷铜以奇兵胜之。张部退兵回寨，坚守不出。张飞连攻数日，不能下，又思得一计：终日只在寨中饮酒。有人报知玄德，玄德以为饮酒误事，孔明却令魏延另解酒送之。告玄德曰："此翼德败张部之计也！"

张部探知张飞只在营中饮酒作乐，传令当夜下山劫寨。至夜，张部引兵劫寨，只见张飞正在帐中饮酒。张部上前一枪将张飞刺倒，却是个草人。急退时，张飞引军杀来。张部指望两寨来救，救兵却被魏延、雷铜截着了。张部只好败退瓦口关去。

张飞、魏延连日攻打瓦口关不下。乃由小路至关前放火，竟夺了瓦口关。

张郃败回见曹洪。曹洪欲斩之，为行军司马郭淮劝止，乃令引兵攻葭萌关。葭萌关守将孟达，急报玄德。黄忠自请御敌，孔明曰："汉升虽勇，奈年老，恐非张郃敌。"黄愤然立军令状，求严颜为副将而去。众将皆哂笑之。

黄忠至葭萌关，胜了张郃一阵。曹洪命夏侯尚等来助战，黄又故作战败，直退兵关上，曹兵夺了许多寨栅。在曹兵胜懈怠之际，黄却于二更天，引兵开关直下，大败曹军。张郃兵败径投天荡山来。汉军乘胜杀来，天荡山守将夏侯德为严颜所杀。张郃只好再奔定军山。

黄忠攻下天荡山，飞报玄德。法正说此时正是图取汉中之好机会。玄德遂自统大兵至葭萌关。厚赏黄忠、严颜。又定计取定军山，黄又愿往。孔明谓定军山守将夏侯渊乃曹军名将，不可轻敌，黄再三要去，孔明乃命法正为监军同去。时曹操亦自统四十万兵到汉中。■

曹操大军兵出潼关，见一林木茂盛之处，问何处。答曰："此地名蓝田，乃蔡邕庄也。"昔日蔡女蔡琰，被北方掳去，曹操念蔡邕情谊，使人持千金赎回，嫁与董祀，两人时亦住此，曹乃往见之。

却说黄忠与夏侯渊在定军山交战数日，不分胜负。法正劝黄忠先夺定军山对面之山，方好破之。黄忠遂率兵袭取对山。法正教黄忠屯兵于半山，夏侯渊来时，不可下山，看我红旗展时，方可下山，此以逸待劳之计也，黄忠从之。夏侯渊因失却对山，引军来攻。至山下叫骂，黄只是不出。直至午刻，山上红旗招展，黄一马当先，杀下山来，其势如天崩地裂。黄率军急趋夏侯渊麾下，大喝一声，犹如雷吼。夏侯渊措手不及，被黄忠一刀砍为两段。曹军大乱，张郃败走，黄遂得定军山。

黄忠送夏侯渊首级至葭萌关请功，玄德封之为征西将军。孔明谓宜先烧曹

粮，后取汉中。黄又请去，孔明乃命与赵云各引一军，相与而行。二人领命，到汉水下寨。黄领兵先去，与子龙约，如明日午刻不回，必为曹兵所困，子龙即引兵来救。

黄忠于四更后偷至北山下，欲烧曹军粮草，张郃兵到，混杀一阵。曹操闻之，令徐晃接应，将黄忠围于垓心。蜀军副将张著亦被文聘截住。

赵云见黄忠不回，急引兵来救，所向无敌。赵救了黄忠，又救了张著。曹操望见，问是何人？有人答是常山赵子龙。曹叹曰："当阳之英雄尚在！"令众将不可轻敌。及见赵救了二人，径引兵去，无一人敢近前，不觉又大怒，下令起兵追之，直追至赵寨营前，赵伏箭于两厢，自立寨门外。曹军见赵不动，急退。赵令放箭，并引军追来，曹军大败。赵乘势夺取了曹军粮草、寨栅。次日玄德来战场观看，赞曰："子龙一身都是胆也！"■

曹操命徐晃及牙门将军王平攻汉水，徐不听王之谏，大败。徐怪王不来相救，欲斩之。王遂投赵云。玄德厚待之，用为向导使。徐晃回报曹操，曹怒，自引军来夺汉水。

赵云见曹操自引大军来夺汉水，恐孤军难立，乃退军于汉水之西。两军隔水相持。孔明令赵云埋伏于山下，只是擂鼓放炮，不可出战。是夜曹操在营中，几番鼓噪，心疑不定。连续三天均是如此，遂下令退兵三十里下寨。

于是，孔明请玄德渡汉水背水立寨，次日两下交锋，蜀兵大败。曹操挥兵追赶，忽省悟是计，急引退，蜀军已三路杀来。曹兵大溃而逃，欲回南郑，南郡已被张飞、魏延乘势夺了。曹操只好退至阳平关。

孔明令张飞、魏延夺取曹操粮草，赵云、黄忠放火烧山。曹操闻报惊疑不定。令许褚去接粮，许却恃勇大醉，被来劫粮

的张飞一枪刺伤，粮草均被夺走。曹大怒，引军来迎。蜀军诈败，曹疑有伏兵，正欲退时，蜀军杀至，曹军大败，退至阳平关外，只见关上火光冲天，喊声不绝，曹乃弃关而走，往斜谷退去。幸曹操次子曹彰引兵赶至，复与玄德交战，忽然马超自后面杀至，曹军又大败，再退斜谷界口扎住。曹操遂有退志。

是日，夏侯惇来领口号，曹正食鸡，回曰“鸡肋”。行军主簿杨修在军中闻之，便收拾行装。夏侯惇问之，杨曰：“鸡肋食之无肉，弃之有味。丞相必有归志。”曹操闻之大怒，以惑乱军心罪斩之。实则杨修恃才，曹久有诛杀之心。

次日，魏延杀至，曹操引兵相迎，马超却自后夺了曹军营寨。魏延退走，曹军回兵战马超，魏延又杀至，一箭射到曹操，幸庞德死战相救，得以脱身。曹遂决心退兵。■

玄德得汉中诸地，大赏三军，人心大悦。众皆欲尊之为帝，遂与孔明商量。孔明曰："吾已有定夺。"遂上表劝玄德即皇帝位，以正名号。玄德不肯。孔明乃请先进位汉中王。玄德仍不肯，经百官苦劝，方才依允，遂筑台受拜为汉中王。以孔明为军师，关羽、张飞、赵云、马超、黄忠为五虎将。魏延为汉中太守，其余俱有升迁。

曹操闻知，大怒，欲起倾国之兵至汉中，与决死战。丞相主簿司马懿以为不可，并建议派人入吴，请进兵攻荆州。曹从之，即令满宠入吴见孙权。孙设宴相待。送走满宠后，孙先叫诸葛瑾往探云长虚实，并求云长之女嫁与吴侯之子。云长

怒曰："吾虎女安肯嫁犬子。"孙权怒其无礼，欲进兵荆州。步骘谏曰："不若令曹操先进兵，然后由东吴水路取荆州。"孙权从其言，令人至曹处道其意。曹大喜，令曹仁进兵。

汉中王闻曹操兴兵来犯，乃令云长进兵攻打曹仁。云长令傅士仁、糜芳为先锋。傅、糜因醉酒而败，关公痛责之，罚守南郡、公安，自引兵来战曹仁，曹不能敌，退去。关平伏兵尽起，遂夺襄阳。

云长得了襄阳。随军司马王甫曰："今东吴吕蒙屯兵陆口，倘率兵取荆州，如之奈何？"云长乃教王甫回荆州筑烽火台防备。另令关平备船渡襄江，攻打樊城。■

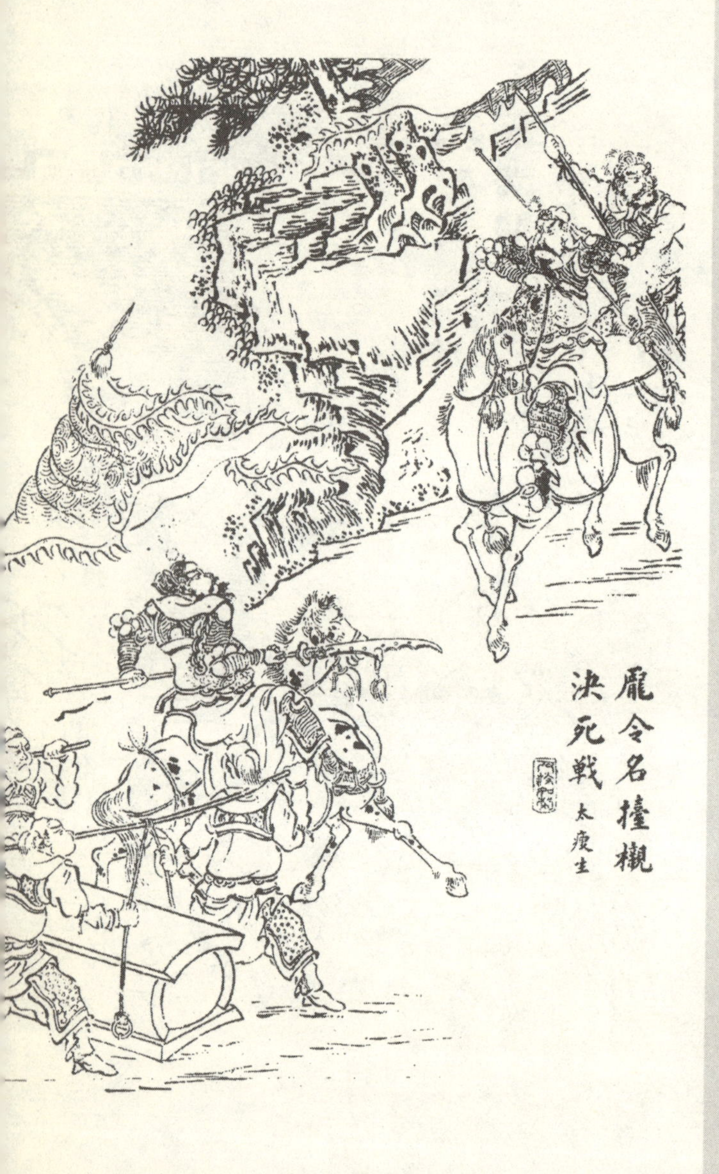

曹仁欲引军夺回襄阳，又为云长所败，曹仁急报曹操。曹令于禁往救，庞德为先锋。于率领七军，前往樊城。有人谓庞乃马超旧臣，可能降蜀！曹操欲罢之，庞以死誓。曹操抚慰之，庞回家作木榇，令人抬榇而随军行，曰："吾以死报魏王也。"

庞德抬榇来襄阳求战，关平出兵迎战，两下不分胜负。关公闻之，令廖化去攻樊城，自己亲来战庞。交马百余合，亦不分胜负。次日又战，庞用暗箭射伤关公。关公一时不能出战。

于禁恐庞德立大功，时时阻挠庞之行动。又令七军移寨于樊城之北。

关公看了地势，便自引兵移至高处，欲决襄江之水以淹曹兵。时曹军中有虑及者，以告于禁，于不听。庞德亦谓宜防之，乃议次日自行移寨。

是夜风雨大作，庞德在寨中听得万

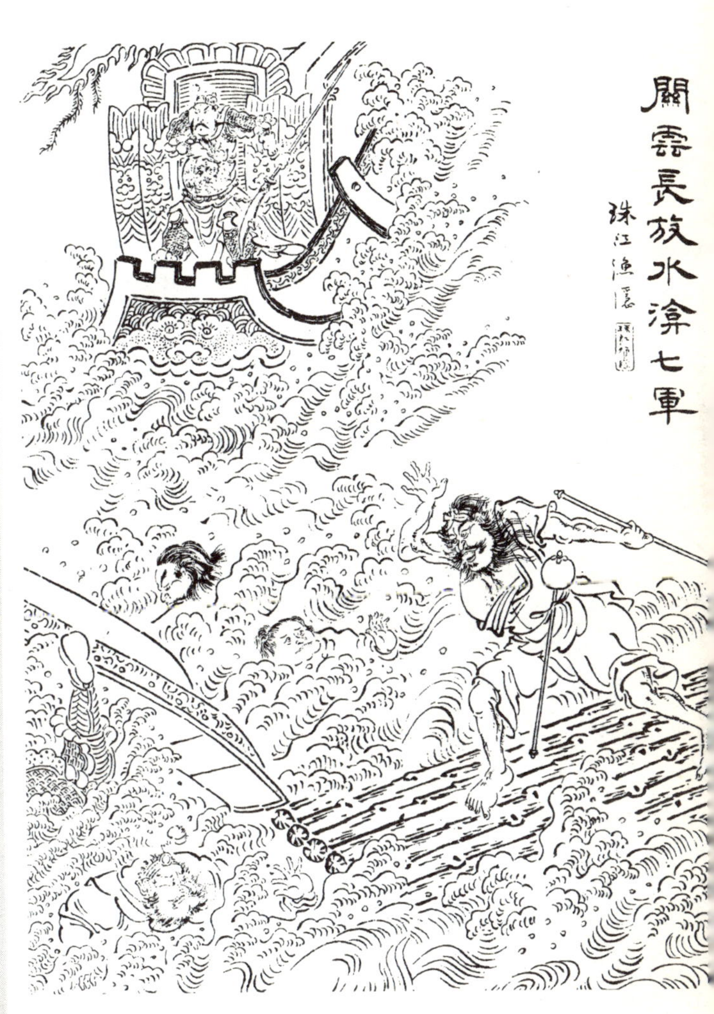

马奔腾，急出帐时，只见四面八方江水骤至，七军乱窜。于禁、庞德与众将急至小山避水。比及平明，七军多已随波逐浪，于禁左右只有五六十人。

关公见水势已大，立坐大船，前来捉拿曹将。于禁见无路可奔，遂降。关公命监至荆州大营。复引兵来捉庞德。庞力战。眼看手下俱被杀尽，乃跳上小船，一手提刀，一手使棹，望樊城而去。

周仓引荆州水兵来捉人，正遇庞德，乃将庞船撞翻，周仓就水中把庞擒了。解见关公，庞不降，关公斩之。

曹仁欲弃城而走，得满宠之谏，乃与军民，死力守城。旬日江水渐渐退去。关公自擒于禁、杀庞德，水淹七军，威名大震。忽次子关兴来寨内省父，关命其至成都报捷，自引兵来攻城。却被曹仁五百弓箭手用药箭射中左臂。■

关公中箭，关平等欲请其回荆州养病，关公不允。

忽一日，华佗渡江来见关公，谓："因闻君侯英雄盖世，今为毒箭伤，特来医治。"时关公方与马良对弈，即问医法。华曰："须蒙首，缚臂，我以刀取骨上之毒。"关曰："何须蒙首？"便伸臂命割。华令人捧盆，然后破臂肉，以刀削骨上青毒，再以药搽之。割臂刮骨悉悉有声，关公对弈如故，谈笑自若。帐下将士，皆掩面失色。

治毕，关公大笑而起，曰："先生真神医也！"华佗亦曰："君侯真天神也！"关公厚谢之，华不受而去。

曹操在许都，闻关公得胜，大惊，拟迁都避之，急聚众商议。司马懿曰："迁都不可。今关羽得志，孙权必不喜，大王请致书东吴，教袭关羽之后。"许事平之日，

割江南以封之。曹听之，命使去。又派遣徐晃率兵五万去敌关公。

孙权得曹操信，聚文武商议，吕蒙密献袭取荆州之计。陆逊又往见吕，教其托疾辞职，使关公骄傲，然后暗袭荆州。吕乃托病，令陆逊以代。陆乃命人呈书备礼与关公作贺。

关公闻陆逊为将，又派人来贺，无复有忧江东之意。

孙权遂拜吕蒙为大都督。吕让会水者穿白衣，扮作商人摇橹，精兵伏干船中，偷偷渡江。一路上把防守的军士杀的杀、收的收，径至荆州城下。门吏当是自己人，开了城门，吕蒙率东吴兵齐入，遂得荆州。吕蒙一面申报孙权，一面厚视荆州人民，善待关公家小。

孙权随即领兵到来，慰劳吕蒙。虞翻又至公安说傅士仁来降。又劝糜芳来降。■

曹操在许都得孙权书，言将兵袭荆州，请曹夹攻关羽。且嘱："勿泄"。曹一面令人将孙权书射入樊城，以安定军心，一面急令徐晃乘势掩杀，又自起大兵来救曹仁。

徐晃先使人打自己旗号，与关平、廖化战，自引兵循沔水袭了偃城。关平败回，于夜劫徐晃寨，徐早已有备，又败回。时人报曹军三路来救樊城，又传说吕蒙袭了荆州，因此军心大乱。徐晃来讨战，关公自出与敌。关公见徐曰："吾与汝交深，今何故数穷关平。"徐曰："某不敢以私废公。"且回顾众将："得云长首级者赏千金！"忽曹仁又引兵至，两面夹攻，关兵大败。关公乃过襄江，望襄阳而奔。忽流星马报说："吕蒙夺了荆州。"关公大惊，急投公安。人报傅士仁已降东吴。转投南郡，又报糜芳亦投东吴了。关公闻言，怒

气冲塞，昏绝于地。众人救醒，顾司马王甫曰：“悔不听足下之言，有何面目见吾兄长？”遂命马良、伊籍急赴成都求救。一面去取荆州。

曹操重赏徐晃。屯兵于摩陂，以候消息。

吕蒙厚待荆州人民，优待随关公出征之将士家属。荆州将士闻之皆无战心。关公引兵回荆州，路上遭遇吴兵，被困在垓心。吕用白旗招降蜀兵。幸关平、廖化杀至，救了关公。关遂屯兵麦城。令廖化至上庸求刘封、孟达引兵来援。廖化至上庸，刘听孟之言，竟不发兵。廖大骂，急奔成都求救。

孙权命诸葛瑾往说关公来降。关公怒命逐出。吕蒙料关公必走麦城小路，乃命潘璋、朱然二将引精兵在小路埋伏。■

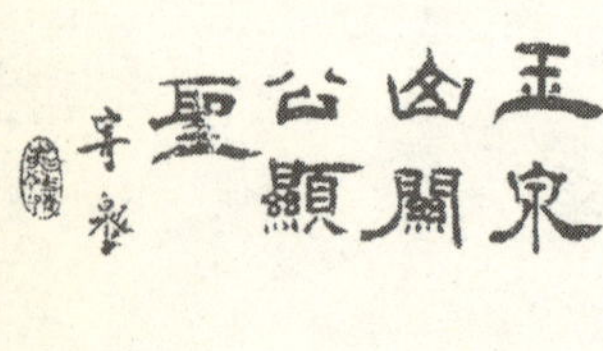

关公在麦城，只剩三百余人，粮草又尽。与王甫计，不若奔回西川，再整兵来报仇。遂与关平往临沮小路而走。留王甫、周仓守城。行至半夜，山凹处金鼓齐鸣，吴军大将朱然率兵掩杀而来，关公夺路走脱。行片时，又遇吴将潘璋，双方混杀一阵，急向前奔。行至天明，被潘部将马忠用绳钩绊倒马足，关公被擒。关平来救，亦被执。马忠解之见孙权，欲劝之降，关公大骂，孙遂命推出斩首，时年五十八岁。关平亦遇害。王甫、周仓闻讯均自尽，麦城亦失。

关公灵魂不散，飘飘荡荡，竟至玉泉山。时普净在山修行，闻关公大呼："还我头来！"普净曰："今将军为吕蒙所害，大呼还我头来，然则颜良、文丑、五关六将等众人之头向谁索？"关大悟，皈依而去。

吕蒙自关公死后，心神恍惚。孙权设

宴为之庆，吕忽倒地流血而死。人皆谓关公显灵。

张昭谓：刘备闻之，必兴大兵报仇。不若以关公首级送曹操，转嫁此祸。孙权从之。

曹操得云长首级，方喜。司马懿谓此乃东吴欲嫁祸也，不若以王侯之礼葬之。曹以为然。命取关公首级来看。左右呈上，曹见关面目如生。因谓："云长别来无恙？"忽关公眉目欲动。曹惊倒，次日以王侯礼葬于洛阳城外，曹自拜祭，并追赠为荆王。

玄德在西川纳吴懿之妹为妃，生二子。国富民安，两川大治。忽报关公拒吴求婚。孔明大惊。后关兴至言水淹七军及设烽火之事，玄德甚放心。忽一日心惊目跳。不久，流星报说关公遇害，玄德哭倒于地。■

玄德自闻关公遇害，终日哭泣，痛骂孙权。又见关兴恸号而来，愈觉伤悲，一日昏绝数次。川中大小将士亦尽皆挂孝，设挂招魂。

曹操葬罢关公，终日神志昏昏，头风愈重。命人请神医华佗至，使医之。华佗言需饮麻沸汤，再剖开脑袋，取出风诞，方可根治。曹不许，华因以关公疗毒箭为比。曹疑华来此是为关公报仇，遂监之。

华佗知不能活，遂以家中所有医书赠与吴押狱。华死后，吴押狱回家，见他妇人正在焚烧华遗赠之医书，急救之，只剩下一两页。妻曰："纵然学如华佗，也不过死于狱中。"

孙权上书请曹操早正大位。曹览毕，大笑，曰："是儿欲使吾居炉火上耶！"侍中陈群等奏："汉室衰微，殿下是宜应天顺人，早正大位。"曹笑曰："苟天命在孤，

孤为周文王矣。”

曹操病渐沉重，夜梦三马同槽，不知何故。及晓，问贾诩，曰：“马为禄，槽为曹，禄马归曹，是为吉兆。”但心神仍不宁。有时竟见伏皇后、董承等死人立于面前。自知不起，遂叫曹仁、司马懿等来受遗命。即令众人扶曹丕为王。又令近侍取平日所藏名香，分赐诸侍妾，且嘱多造丝履，得钱自给。

众人举哀，当即拥立曹丕继承王位。华歆又讨得献帝诏来，封曹丕为丞相、冀州牧。

忽曹彰引兵来。曹丕大惊，谏议大夫贾逵往视之。曹彰曰：“吾来奔丧，别无异心。”遂入吊孝，大哭。当即将兵权交出，自回鄢陵。

曹丕令于禁守陵，在壁上画于禁向关公求降事。于羞愧得病，不久即死。■

曹丕之弟曹植、曹熊不来朝，曹丕遂命人问罪。曹熊畏罪自缢，曹植处之泰然。使者回报，曹植不奉命，与丁仪诸人饮酒斥骂，并驱逐使者。曹丕大怒，令许褚引三千人，尽擒之。既至，命先斩丁仪诸人。曹丕母卞氏闻之，出责曹丕，曹丕乃命曹植以墙上水牛画为题，七步作诗，不成则杀。曹植果于七步吟成。曹丕又命曹植以兄弟为题应声作诗，曹植果应声而成："煮豆燃豆萁，豆在釜中泣，本是同根生，相煎何太急！"

时母卞氏闻诗曰："兄弟何逼之甚！"

曹丕亦为之泪下。叹曰："国法不可废也！"乃贬曹植为安乡侯。

汉中王闻曹丕专权更甚，即与文武商议除乱贼之法。廖化出班哭求杀刘封、孟达，以为关公报仇。玄德便欲擒之，孔明谓宜先调开二人，乃调刘封守绵竹。彭羕闻知此事，作书与孟达通风报信。彭之书信为马超所获，乃奏明汉中王，将彭正法。孟达闻之，遂投魏，孔明请玄德令刘封征之。

刘封领命出征，孟达亦引魏兵来战。刘封兵败，径赴成都请罪。玄德大怒，令斩之。■

曹丕自接魏王王位，益自专横，朝中文武多欲尊之为帝。时魏地凤凰、麒麟、黄龙等吉祥之物不断出现，华歆等遂入见汉献帝，请禅位与曹丕。

帝闻奏大惊。哭谓百官曰："朕安忍一旦将祖宗基业失去！"王朗等曰："是为天命，迟则生变。"帝大哭，退入后殿。曹洪、曹休拔剑请帝出宫。华歆等又如前奏。帝拂袖欲起，华歆起牵帝衣，问帝许否？帝见左右尽是曹丕之人，乃泣而允之。

汉献帝被逼不过，乃下诏禅位与曹丕。曹得诏，即欲受之。司马懿谓先宜自谦，然后受之。曹乃上书，自谓德薄。帝问华歆，华请再下诏。华又劝曹丕筑受禅台，以即帝位。

台既筑成，令献帝亲捧玉玺奉曹丕。曹丕遂登帝位，国号大魏，改元黄初，大赦天下，改献帝为山阳公，即日便行。又尊父曹操为太祖武皇帝。迁都洛阳。

汉中王闻人传说，献帝已遇害，终日痛哭。下令百官挂孝遥望设祭。尊谥曰

"孝皇帝"。玄德因此染疾,不能理事,一切事务托之孔明。

孔明与百官商议，言天下不可一日无君,欲尊汉中王为帝。遂共同上表请玄德即皇帝位,玄德急阻止。众苦劝,玄德拂袖而入。三日后又如前,汉中王仍执意不从。

孔明乃与众官商议,自托得了重病。玄德闻之,亲来省视,问其病源。孔明乃谓:"天下大乱，主公又不即位以号召人心,眼见人心解散,使曹贼横行,故忧而成疾。"玄德只说恐人议论。孔明又解说一会，玄德乃曰:"待军师病愈行之未迟。"孔明闻之,便从床跃起,望屏风一击,外面文武百官皆入,伏拜于地。玄德曰:"陷孤于不义,皆卿等也!"

孔明便令筑台择吉,恭行大礼。至行礼日,先读祭文。复奉上玉玺。玄德受拜,又推让几句。文武皆呼万岁。乃改元章武,立刘禅为太子。大小官员一一升赏,大赦天下。两川军民欣跃。■

先主设朝，欲起兵东征，赵云劝宜讨国贼曹操，不应舍魏伐吴。先主不听赵云之谏，下令起兵伐吴。又迁张飞为车骑将军，亦令准备征吴。

张飞在阆中，闻关公被害，旦夕号泣，血湿衣襟。酒后常鞭挞军士解恨。先主诏至，谢恩后急赴成都来见先主。时孔明等劝先主初接帝位，不宜远征。忽张飞至，见了先主，抱足大哭。问先主何以不从速出兵报仇。先主大哭，拟御驾亲征，命张速引所部一同伐吴，会于江州。

张飞回到阆中，令帐下范疆、张达限三日造白盔、白甲。范、张请缓期，张大怒，痛挞之。二人怀恨，又思三日不成，必死，不如先杀张飞。两人遂候张大醉时，潜入帐内刺死之，携首级投东吴去了。

张飞部将吴班与张飞长子张苞急赴成都报知先主。时先主已议定留孔明与太子守成都。自领七十万大军东征。孔明怏怏不乐曰："法孝直若在，必能制主上东征也。"忽吴班至，报张飞凶信。先主痛哭于地。一会张苞来见，先主再大哭。关兴亦至，先主想起关公，又放声大哭。众臣谏止，先主以头顿地而泣。马良等再四劝止，始稍安。

次日，先主引军出发，令张苞为先锋，关兴欲夺之。先主令二人结义，并使护驾。另诏吴班为先锋。

孙权闻先主兴师伐吴，大为惊恐，诸葛瑾自请往说先主。既见先主，言通和之意。先主大怒，大骂孙权，命逐出诸葛瑾。■

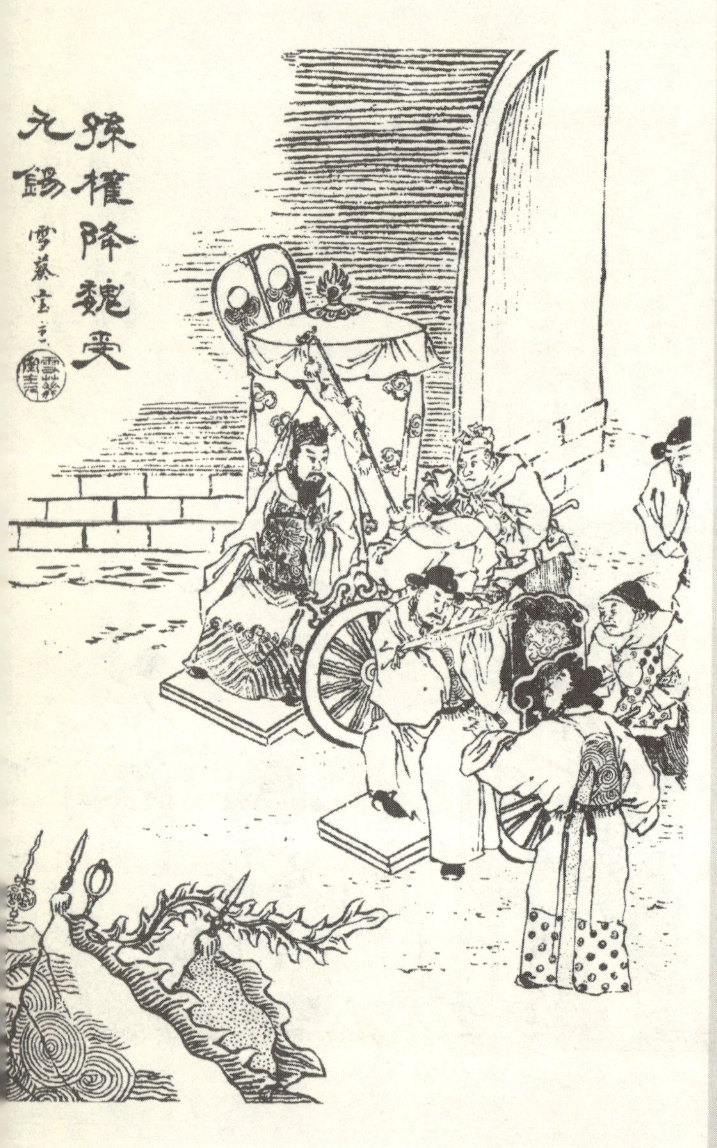

孙权闻先主不肯通和，大惊，急聚文武商议。中大夫赵咨请称臣于魏，以图自救。孙权许之。

赵咨到魏，曹丕问之，对答如流。曹称其“使于四方，不辱使命”。遂命太常卿邢贞使吴，进孙权为吴王，加九锡。大夫刘晔以为不可。曹仍命邢贞去吴。

邢贞至吴，自恃为上国天使，入门不下车。张昭叱之，曰：“君敢妄自尊大，岂以江南无方寸之刃乎！”邢乃下车，与孙权相见。孙权即王位，庆贺毕，又商量御蜀之策。少年将军孙桓自愿引兵迎敌。孙权大喜，命朱然相助，引军前行。

先主大军直至宜都，孙桓屯于宜都界口。先主闻之，命关兴、张苞迎敌。二将领命，来与孙桓交战，吴军暗箭射中张苞坐马，幸关兴飞出，斩了吴将李异。次日

又出交锋，关兴又斩了放冷箭的吴将谭雄，吴兵大败。

孙桓折了人马，便命人回吴求救。蜀将吴班使小卒诈降朱然，报知蜀兵将来劫寨。朱命部将崔禹埋伏。是夜蜀兵直杀入孙桓寨中，崔之伏兵，早被关兴杀了。孙桓引败兵逃至彝陵城，蜀兵随后赶来，四面攻打。朱然由水路倒退五六十里。

先主大胜，重赏三军，自此威震江南。

孙权闻报大惊，急命韩当、周泰、甘宁、潘璋诸将引兵接应。

黄忠因先主说他老，不服，便自引兵来阵前寻潘璋作战。黄杀潘璋部将史迹，大胜一阵，次日作战，却为吴兵困住，身中暗箭，后为关兴、张苞救回，是夜死于军中。■

先主至猇亭，亲引兵与韩当、周泰等两阵对圆。韩令两副将出马，为关兴、张苞所斩，蜀兵掩杀，韩急退，吴兵死者不计其数。时甘宁在营中大病，闻蜀兵大至，急上马。正遇蛮兵，甘被番王沙摩柯一箭射死。

先主大胜，鸣金收军，却不见了关兴。急令张苞往救。原来关杀入吴军，正遇仇人潘璋，遂纵马追之，潘往山谷中而逃。关追了片时，忽然不见。时天已晚，乃至一村庄投宿，庄内却供着关公像。关兴哭拜，老人问之，知为关公之子。半夜有人叩门，问之，潘璋也。关兴乃悄立门后，潘入，措手不及，被关兴杀死。关公之青龙刀，亦为关兴所得。潘部下见关杀了主将，大怒，引兵将关围住厮杀。

关兴将人头挂在马项上，方欲出山，马忠引兵至，幸张苞引兵亦至，救了关兴。

时糜芳、傅士仁在军中闻荆州降吴

之兵均有怨己之心，乃商议自救之计，两人决定乘马忠不备，入帐把马杀了，将头来见先主请罪。但先主不肯宽赦，杀之祭关公。

此时吴中人人胆寒，孙权乃命人将杀害张飞之范疆、张达囚了，使人见先主，愿还荆州为和，先主将范、张杀了，仍不许和。

孙权闻之而惊，举止失措，阚泽乃荐陆逊于孙，曰："此人虽一书生，实有雄才大略，可敌刘备。"孙权从之，拜陆逊为大都督，又赐宝剑，可先斩后奏。陆领命，引大军直至阵前。老将韩当等皆不服。后先主出奇兵设埋伏，欲引诱吴军出战，老将要战，陆识破刘备设埋伏之计，不准出战。三天后果然看到先主埋伏之兵出山，诸将这才知道陆确有谋略。

马良数劝先主行军事宜问丞相，先主乃命书营栅图，入成都去问孔明。■

先主在猇亭，夹江分立营寨，接连七百里，前后四十余屯，昼则旌旗蔽日，夜则火光耀天。又尽驱水兵，深入吴境。黄权谏请先主居后，先主不从，只令黄督江北兵以防魏。时有人将此情报与曹丕，曹曰："刘备将败矣！"问其故，曰："岂有连营七百里，而可拒敌乎？包原隰险阻屯兵者，此兵法之大忌也。"遂令曹仁等领兵，候陆逊入蜀，即起兵袭东吴。

马良至成都，以图见孔明，孔明拍案叫苦，曰："汉室气数休矣！"令马速回，改屯诸营。马问："如已败如何？"孔明曰："可回白帝城，陆逊惧魏兵，必不入川。"

陆逊先使人攻蜀营试之，然后命诸将受计。令各军带引火之物，如此如此。诸将领命去了。先主因吴军屡败，毫不准备。忽半夜火起，急上马时，御营四处着火。吴兵大至。幸蜀将傅彤、张苞杀至，救

先主至马鞍山。吴兵四下放火，引兵围山。关兴死战保先主突围而出，径奔白帝城。忽朱然引兵截住，后面陆逊大兵已至。正危急，忽一将引军至，将朱然刺死。原来是赵云前来救驾。陆逊闻赵云引救兵至，急令退军。

傅彤断后，为吴兵围着，不屈战死。祭酒程畿招呼水军，不及撤走，自刎死。张南、冯习诸将皆战死。

时孙夫人在吴，闻先主猇亭兵败战殁，遂至江边，望西遥哭，投江而死。

陆逊引兵西追，离夔关不远，见杀气冲天而起，急引兵排成阵势。使人探听，却无一人一骑，惟有乱石数堆。土人谓是孔明入川时，曾在此处取石排阵，名“八阵图”。陆入石阵巡看，但闻风涛之声，却已不识来路。幸遇一老人，始将陆引出。陆出石阵后，闻知魏军出兵袭东吴，遂班师回朝。■

先主败回白帝城，驻永安宫。人报冯习、张南、傅彤等将军阵亡，甚为伤感。时马良携孔明书至。先主曰："悔不听丞相之言。"

先主兵败，黄权不得已降魏。曹丕即统兵伐吴，贾诩、刘晔劝之不听。曹军分三路攻吴，均为吴军打败，只好退军。

先主因兵败，又思念二弟，遂染病。至次年，竟不起。急使人诏孔明等来白帝城托孤。孔明率二王子及各官来见先主。既至，拜伏于地。先主以刘禅为托。各相流泪。时马良之弟马谡在侧，先主命退，谓孔明曰："此人言过其实，终无大用。"又令二王及太子以父事孔明。复谓孔明曰："君才十倍曹丕，必能安邦定国。嗣子可辅则辅之，否则君自为成都之主。"孔明叩头流血曰："臣安敢不竭力以效死

乎。”先主命坐，又吩咐赵云:“看觑吾子。”遂崩。时年六十三岁。孔明即奉梓宫还成都，供于正殿，举哀。开读遗诏，请刘禅即位。改元建兴。拜孔明为丞相，封武乡侯，领益州牧。葬先主于惠陵，谥昭烈。并升赏群臣，大赦天下。

魏曹丕得信，用司马懿之谋，起兵五路以攻蜀，计羌兵一路;孟获一路;孙权一路;孟达一路;曹真一路。五路共出。使蜀首尾不能相应。细作报入成都，后主大惊，急诏丞相，孔明得疾不出。后主大惊，命百官往请，亦不得见。后主乃自至丞相府，孔明见后主至，乃伏地奏曰:“臣正思一人说东吴耳;羌兵，已命马超出奇兵制之;孟获处，已命魏延以疑兵阻之;孟达，已命李严与书，必推故不出。阳平关已有赵云坚守，曹真不久自退。”后主大喜，饮宴而出。■

孔明使邓芝入吴通好。邓芝，字伯苗，时任户部尚书，汉司马邓禹之后。他认为后主新登位应一洗旧怨，以与东吴连合，共对曹魏。故受孔明重视，派其往说东吴。孙权闻之，列武士、设油鼎以待。

邓芝至，见此架势，并无惧色。曰："人言东吴多贤，谁想惧一儒生！吾特为吴国利害而来，竟设兵陈鼎，以拒一使，局量何其狭小！"孙权闻言惶愧，乃拜谢求教。邓芝乃为分析两国通好之利。孙大喜，令中郎将张温入蜀通好。张温见孔明之后，次日在邮亭辞行，颇有傲慢之色。忽一人乘醉长揖入席。张问何人?孔明为介绍，乃益川学士秦宓也。张问其学。秦谓天文地理，无一不晓。张乃难之，以天有无口、耳、目等为问。秦一一答之，且证以《诗经》。末又问天姓何?秦谓姓刘。问何以知?答天子姓刘，故以知之。张谓："日

生于东。”秦曰:“实没于西。”时秦语言清朗,对答如流,张大为惊异。秦因以天之轻气以外何物反问。张不能答,避席谢过。孔明又使邓芝入吴答谢。孙权厚赐之。

曹丕闻吴蜀连合,大怒,起兵三十万伐吴。孙权命徐盛为将以御之。

徐盛治兵极严,孙权侄孙韶违令,欲斩之。孙权为之解。孙韶遂自引兵杀曹丕去了。徐盛恐有失,令丁奉引兵接应,并于城上立草人以惊魏兵。

曹丕乘夜引兵攻南徐,见城上军士甚多,遂引军退。忽孙韶杀至,急上船,丁奉杀来。吴军四处放火,张辽来救,为丁奉一箭射倒,却得徐晃救了。此时曹丕闻赵云引军由阳平关进攻长安,只好还军。此次战役中,曹军名将张辽因箭疮迸裂而死。

赵云在阳平关忽得丞相令，要其回军南征,让马超守阳平。■

却说孔明在成都，大小事都亲自决断。两川大治，又连年大熟，人民欣乐太平。

建兴三年，益州飞报蛮王孟获引兵十万，犯境掳掠。建宁等三郡都降，惟永昌太守王伉未降，上表求救。孔明遂请南征。后主以吴魏虎视在外，不宜远征。孔明谓："北伐宜先入南。吴已通好，且有李严守白帝。魏军初败，必不敢动，又有马超拒守，关兴、张苞接应，必不至危。"遂领兵南征。关公次子关索来见。孔明令为前部。

降敌之建宁三郡太守雍闿、高定、朱褒引兵来战。孔明用反奸计，教高定先杀雍闿，再杀朱褒来降。孔明乃以高定为益州太守总摄三郡。又召见坚决抗战之永昌太守王伉，问拒守之法，王乃荐其部下吕凯，谓永昌俱赖吕之助守。孔明又召见吕，吕以蛮方地图献与孔明。忽报天子差使臣至，孔明请入，乃马谡也。马曰："愚有片言，夫用兵之道，攻心为上，攻城为下；心战为上，兵战为下。”孔明曰：“幼常知吾也”，命为参军。

时孟获结连了三洞元帅，来拒孔明。孔明闻之，授计给赵云、魏延、王平、马忠等。

赵云、魏延按孔明计，先捉得蛮兵，便令引路，直奔至三洞元帅寨中杀来。三帅之一的金环元帅早被赵云刺死。其余元帅又遭王平、马忠袭击，落荒而逃。四将去见孔明，孔明说“另二元帅已被擒矣。”众人不信，一会，张嶷、张冀二将果擒二帅来。孔明赐酒遣去。

孟获闻三洞元帅已被擒杀，大怒，领兵杀来。孔明又向诸将授计，先使王平、关索出战，诈败，孟追来，伏兵尽起，孟夺路而走，又遇赵云冲杀过来。孟只好徒步往山谷逃逸，为魏延所获。孔明将俘获之兵，一一赐酒遣去，诸兵泣拜。最后解孟至，问服否？答不服。孔明亦赐之酒，纵之去。■

孟获回去，只说自己得脱。复招二洞元帅，令人在泸水边筑堤御敌。谓泸水难渡，川兵不经热，不久自退。

孔明闻之，使人搭凉棚避暑。适马岱送解暑药至，孔明便令马去偷渡泸水，断孟获粮草。马领命去，人方下水，皆七孔流血死，急报孔明。孔明唤土人问之，谓须夜静水冷方可渡。马遂于夜间渡过泸水，截住粮草。孟闻之，令二洞元帅出战。马见二帥，问既丞相放归，为何又来战？二帅羞愧而去。孟大怒，谓二帅通敌，责一百军棍。二帅恨之，俟孟醉，竟缚之来见孔明。孔明问其服否？孟获仍不服。孔明教人领孟参观营棚，后释之去。

孟获又令其弟孟优，至孔明处诈降，以作内应，且谓其寨中虚实已尽知。孟优遂解珍宝来见孔明。孔明知之，厚款孟优，命饮酒。然后唤诸将一一吩咐。

孟获得孟优之报，是夜引军渡泸水，径杀入孔明大寨。及至寨中，却不见一人，孟优所带番兵尽皆醉倒。孟获急引军退，王平、魏延、赵云杀至，奋战得脱，引数十骑急渡泸水，方下船，却被马岱擒了。原来马得孔明计，假扮番兵，早在河畔等候也。

当时解孟获、孟优至，问之降否？仍不服。孔明又赐之酒食，令兄弟同去。待过泸水，寨子已被赵云夺了，只得到银坑山，重整人马。■

孔明领兵过西洱河，孟获已引各洞番兵大至。孟获自骑赤牛前来讨战。诸将欲出，孔明止之，只令坚守。数日后，番兵已懈，乃命魏延、赵云诸将受计。自引军退走西洱河。

孟获闻之，引番兵追来，孟优恐是计。孟获曰："必是国中有事，急欲退兵耳。"乃督兵追之，夺了大寨，又渡西洱河。马岱、赵云引兵杀向番兵后方。孟大惊，急引军退。蜀兵截击，番兵自相残踏。孟往山谷而走。正行之间，山坡下一辆四轮车转来，正是孔明。孟大怒，引军来杀孔明。谁知前面一个大陷坑，孟一干人，尽落下去。孔明命解至营中，问其服否？孟仍不服，孔明又一一赐酒纵之。

孟获兄弟投秃龙洞朵思大王。原来秃龙洞山水极险，有哑泉、灭泉、黑

泉、柔泉，人饮之即死，又有瘴气。两人遂安之。

孔明至其地，无水可饮，军十寻得泉水，饮之或哑或死。大惊，急召土人问之。乃知泉水均为恶泉。后得乡人指示找到一隐者，乃孟获之兄孟节也。孔明求之，孟指示地下有甘泉，并以树叶分赠军士口含，谓可避瘴气。孔明知是孟获之兄，甚惊讶。孟节曰："孟获向不学好，屡劝不听。"

孔明乃乘夜掘出甘泉，军士饮后精神倍增，径来秃龙洞挑战。朵思大王见孔明之兵来速，曰："此天兵也。"孟获欲与死战。忽银冶洞主杨锋引五子及蛮女等来助战。因于帐中饮酒为乐，蛮女起舞助兴。酒酣，杨与五子及蛮女共擒孟获诸人来见孔明。孔明问孟服否？孟仍不服。又悉纵去。■

孟获回到银坑洞与宗党商议退兵之策。其妻弟请作书召八纳洞主木鹿大王。孟获差人去了，令朵思守洞外之三江城。蜀兵来攻时，朵思以药箭射死许多蜀兵。孔明乃令军士以布包土堆城下，兵多，土包堆积如山，军士争先登城，抢了三江城，朵思死于乱军之中。

孟获之妻祝融夫人有飞刀武艺，愿出战。祝夫人果以飞刀擒张嶷、马忠归。次日孔明用诱敌计，将祝夫人引入陷坑擒了。孔明命换张、马二将回。

未几，木鹿大王来，孟获哀求支援，木鹿允为报仇。乃出战，木鹿能驱猛兽指向敌人，蜀兵大败。孔明乃以木车作假兽形，车内置火药。驱于阵前，群兽见之，皆反奔，孔明驱兵掩杀，木鹿死于军中。孟获亦被人捉住，送来。孔明知其有诈，命

搜之，果然来人俱身藏利刃。问之服否？仍不服。又悉释之。

孟获求乌戈国王兀突骨来助战。乌戈国有籐甲兵，刀箭不能伤，入水不濡。蜀兵不能胜。孔明登山，细看形势，见有一盘蛇谷，乃命诸将受计。魏延出战，只败不胜。

兀突骨引兵杀来，魏延连输十五阵，蛮兵夺了蜀军七个寨栅，于是放心追赶。直入盘蛇谷，四面火起，欲退，已无路。可怜籐甲遇火即燃，所有籐甲兵尽被烧死。孔明见之叹曰："吾必损寿矣！"

孟获引兵来接应，四面蜀兵围定，又为马岱所擒，家小亦被捉。孔明使人谓之曰："丞相羞见将军，可速去再整人马。"孟泣曰："丞相天威，南人不复反矣！"孔明乃厚慰之。孟拜谢，孔明遂班师。■

却说孔明班师回朝，孟获及众酋长送至泸水。正是九月天气，水上阴云密布，风也甚大。孔明为祭奠死亡军士，遂屠宰杀牛马，和面粉塑成馒首，亲祭于泸水岸上。祭后，兵卒渡河。至永昌，孔明留王伉、吕凯守四郡，发付孟获领众自回。

孔明领兵回成都，后主出廓三十里来迎接，并车而回。孔明奏请后主将没于王事者，一一优恤。

曹丕先纳夫人甄氏，生一子名叡，字元仲，幼聪明，曹爱之。后曹又纳广宗人郭永之女为贵妃，甄夫人失宠。曹丕有疾。郭妃诬称从甄夫人宫中掘得桐木偶人，上书天子年月日时，为魇镇之事。曹大怒，赐甄夫人死，立郭妃为皇后。

曹丕疾重，医药罔效。乃召曹真、陈群、司马懿、曹休以曹叡为托。曹丕死，曹

叡即位。谥父为文皇帝，谥母甄氏为文昭皇后，封钟繇为太傅，曹真为大将军，其余文武官僚各有封赠，大赦天下。司马懿上表请守西凉，曹叡从之。孔明闻司马懿督兵凉州，恐将来为患，欲先伐之，马谡说孔明用反间计，使曹叡不信任司马懿，孔明从之。曹叡中计，不授司马懿兵权，罢归田里。命曹休总督西凉兵马。

孔明闻司马懿罢职，大喜，遂上表请伐魏。表曰："先帝创业未半，而中道崩殂，今天下三分，益州罢敝，此诚危急存亡之秋也。今南方已定，甲兵已足，当奖帅三军，北定中原，兴复汉室。"

后主览表下诏，孔明乃留郭攸之、董允、费祎、向宠等同理蜀中之事。归府唤诸将听令，以赵云为先锋，邓芝副之，出师北伐。■

孔明兵至沔阳，时马超已死，葬于沔阳，孔明亲往祭之。魏延请出奇兵，取道子午谷而投北，不十日可到长安。大兵则自斜谷而进，咸阳以西，一举可定。孔明以计非万全，不用。

赵云、邓芝兵逼魏境，曹叡命夏侯楙为大都督，调关西军马前来拒敌。夏侯楙部将韩德，率其四子韩瑛、韩瑶、韩琼、韩琪与赵云厮杀，四子皆被赵刺死，魏兵大败。

韩德败回，夏侯楙亲出迎战。韩德纵马取赵云，却被赵刺死于马下。夏侯楙知不能敌，设计诱赵云围之，正在危急时，张苞、关兴救兵到，并力大破魏兵。夏侯楙逃南安郡。

蜀兵围南安久不下，孔明乃以计先

取安定。复利用安定太守崔谅之诈降，将计就计，破了南安，蜀将王平生擒夏侯楙。

天水太守马遵闻夏侯楙被围，正集议解救之策，忽报夏侯驸马心腹裴绪到。裴入府取公文付马遵道："都督求安定、天水两郡之兵，星夜救应。"说罢匆匆去了。

马遵正欲起兵，中郎将姜维（字伯约）自外进来，说道："太守中孔明之计矣。夏侯楙因于南安，水泄不通，安得有人自重围中而出？裴绪必是蜀将。赚得太守出城，伏兵于附近，乘虚而取天水也。"马遵大悟。姜维，字伯约，父曾为天水功曹，没于王事。姜自幼博览兵书，精通武艺，奉母至孝。当下献计马遵，愿领精兵，伏于要路，然后马遵佯领兵出战，引蜀军来击，再前后夹击。■

赵云引兵五千来取天水。正待攻城，忽姜维领兵至，与赵云接战。马遵伏兵又至，赵云首尾不能相顾，亏得张翼、高翔二将来救，才得败回。

赵云归见孔明，说中了姜维之计，孔明亲领兵至天水城下，夜半，又为姜维所败。孔明叹服其才。

孔明分兵为三路，一军攻上邽，一军取冀城，一军围天水。姜维因母在冀城，遂领兵去救。孔明乃使人造谣说姜维已降孔明。

蜀兵夜攻天水，马遵等在火光中见姜维助蜀军攻城，遂相信姜维降蜀了。此乃假姜维，是孔明用之反间计。

孔明又引诱姜维出冀城劫粮，然后用伏兵攻得冀城。姜维兵败，剩十余骑奔回天水，马遵命城上以乱箭射之。蜀追兵又至，姜遂飞奔上邽，城上人见了亦大骂

反贼，闭城不纳。姜维进退无路，遂降诸葛亮。

孔明得姜维，用其计取天水、上邽。乃整顿兵马，兵出祁山。

蜀兵已至临渭水之西。曹叡乃拜曹真为大都督，雍州刺史郭淮副之，王朗为军师。

王朗时年已七十六岁，自愿以口舌说孔明归降。曹真从之。

次日，两军列阵于祁山之前，王朗见孔明，说以天命所归，不可逆行，劝其降魏，以图封侯。孔明骂王朗为不识顺逆之谄谀之臣。助曹篡位，罪恶深重，鲜廉寡耻，天地不容。王朗气极，竟坠马而死。

是夜，曹真预料蜀军必来劫寨，故亦命人乘蜀兵离寨时，进兵劫其寨。不知反中孔明之计，致郭淮与曹真两军于黑夜自相残杀，四面蜀军又杀奔而来，魏军死者甚多，退兵十余里。■

郭淮教曹真遣人向西羌求救兵。曹真从之，乃遣赍金珠星夜赴西羌见其国王徹里吉。徹里吉乃命丞相雅丹、元帅越吉领兵十五万直叩西平关。孔明闻报，乃命张苞、关兴率兵五万应敌，并以马岱为向导。

西羌兵有铁甲车，甚利害，关兴、张苞俱大败。孔明乃与姜维计，乘大雪时，掘陷坑，复以兵诱敌。羌兵及铁车均落入坑中。越吉为关兴所杀，雅丹被擒。孔明释雅丹归，结以恩义，西羌兵拜谢而去。

孔明率师连夜投祁山大寨而来，曹真派先锋曹遵、副先锋朱赞截击。魏延、赵云杀败魏军先锋，又围住曹真、郭淮痛击，曹、郭突围走脱，蜀军直抵渭水，夺了魏军大寨。

魏主曹叡得报大惊，询群臣以退敌之策。太傅钟繇乃荐司马懿。魏乃复司马懿职，加官为平西都督。

孔明正在祁山大寨中议事，镇守永安的李严遣其子李丰来见，告以孟达欲归汉，为内应共破曹魏。孔明大喜。忽细作来报，司马懿复职，孔明大惊，即修书令人星夜去新城通报孟达，让其防备。

司马懿既复职，遂调集宛、洛诸路军马。旋有人密告孟达谋反状，即传令军马起发，兼程而进。途中遇徐晃，司马懿告以孟达谋反，徐晃愿合兵共去捉拿，遂以之为先锋。

孟达不期司马懿猝临城下，只得闭城坚守。徐晃攻城时，为孟达射死。

次日，与孟达同约举事之人申耽、申仪率兵到达，遂出城接应，不料二人早已与司马懿相通了，孟达被杀。

司马懿引兵至长安，魏主赐以金钺斧，令其出关破蜀。司马懿荐举张郃为先锋。■

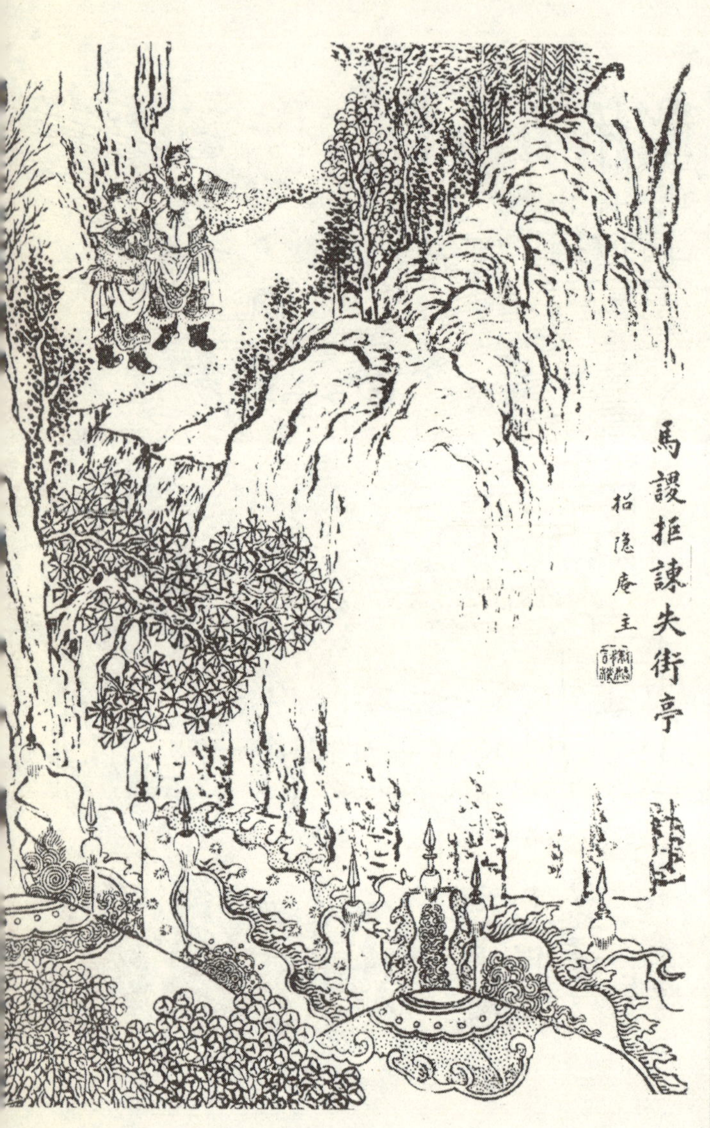

司马懿引兵二十万，出关下寨。命张郃从街亭进兵，以绝蜀军粮道。

孔明闻司马懿、张郃兵至，知必取道街亭。乃问："谁敢去守街亭？"参军马谡愿往。孔明谓马恐非司马懿、张郃之对手，马愿立军令状，以全家为保，孔明从之，并命王平为之助。又命高翔屯兵列柳城，命魏延屯兵于街亭之后以为策应。赵云、邓芝各引一军出箕谷以为疑兵，姜维为先锋出斜谷。

马谡领二万五千兵至街亭。王平建议伐木为栅，屯兵当道。马不听，而驻兵于山上。王平遣人以地图呈孔明，孔明大惊，知街亭必失。

司马懿兵至，闻街亭有守，甚叹孔明神算。旋探知守将马谡屯兵于山上，乃笑道："马谡徒有虚名，庸才耳！"

却说马谡屯兵山上，无水无粮，兵不得饮食，在魏军攻击下，多下山投降。马只好驱残兵下山逃命。街亭遂失守。司马懿命张郃从小路抄箕谷，自领兵向西城进发。

司马懿大军向西城蜂拥而来。孔明身旁无一大将，仅有兵二千五百人。孔明乃传令大开四城门，每门用二十个军士，扮作百姓，洒扫街道。城中偃旗息鼓，寂静无声。孔明乃披鹤氅、载纶巾，引二小童，于城楼上焚香鼓琴。司马懿至，以为必有埋伏，乃下令退兵。

司马懿兵至山北小路，忽遇关兴、张苞兵，喊杀连天，鼓声震地。不知兵多少，只得尽弃军粮辎重而去。嗣后蜀兵尽回汉中，司马懿复至西城，乃知是空城，后悔不迭。曹真、郭淮复夺三郡，以为己功。■

蜀兵既退，魏主曹叡从尚书孙资言，对汉中采据险防守势，以郭淮、张部守长安。

马谡还见孔明，孔明将斩之。参军蒋琬见孔明说道："昔楚杀得臣而文公喜，今天下未定而戮智谋之士，岂不可惜乎？"孔明垂涕说道："废法，何以讨贼？"卒命武士斩谡于阶下，传首示众。

孔明斩了马谡，大哭不已。蒋琬问道："既正军法，丞相何故哭耶？"孔明曰："吾非哭谡，吾追思先帝临终，曾嘱马谡言过其实，不可大用，今果应此言，是以悲耳。"旋上表自请贬丞相职。

魏主曹叡召司马懿议收川之策。司马懿谓孔明再入寇，必效韩信暗渡陈仓之计，乃举郝昭（字伯道）去镇守陈仓。魏主从之。

忽报，扬州司马大都督曹休上表，说东吴鄱阳太守周鲂愿以郡来降，密遣人

陈说七事，谓东吴可破。建威将军贾逵言此乃诱兵之计。司马懿谓："此言不可不听，但机会不可失。"曹叡乃命司马懿、贾逵同助曹休。命贾逵引前将军满宠、东莞太守胡质等率兵取阳城。司马懿引本部兵马径取江陵。

周鲂真是诱兵之计。孙权得报，以陆逊为平北大元帅，统七十万，设计破魏兵。

曹休兵临皖城，接见周鲂。曹道："人谓足下多谋，恐所言不实。吾料足下必不欺我。"周乃大哭，欲自刎以表忠诚，曹急止之，周乃断其发以为信。

曹休以周鲂为向导，周于途中乘间逸去。魏兵在石亭陷入东吴四面埋伏之中。曹休令大将张普为先锋与吴军交战，魏军大败。死伤累累，降者数万，军械物资各种缴获不计其数。曹休得贾逵救，方得逃脱，途中忧愤成疾，至洛阳而死。■

东吴既败魏兵，乃遣使至蜀请伐魏。孔明得知，即计议出师。忽报赵云之子赵统、赵广来报赵云病卒。孔明跌足而哭。二子又报知后主，后主放声大哭，下诏追赠大将军。

孔明军马分拨已定，再上表请出师伐魏。表中有"汉贼不两立，王业不偏安。不伐贼，王业亦亡。惟坐而待亡，孰与伐之。臣鞠躬尽瘁，死而后已"之语。后主览表，敕令出师。孔明遂领三十万精兵，令魏延总督前部先锋，径奔陈仓道口而来。

魏以曹真为大都督、王双为前部大先锋，领兵十五万，会合郭淮、张郃分守隘口以御蜀。

孔明兵至陈仓，郝昭早已严密防守，不能破。孔明遣郝之旧友劝郝归降，郝不听。孔明围攻之，二十余日不下，反数为所败。后王双兵到，蜀将龚起、谢雄等均为王双所杀，蜀兵折损甚多。

孔明乃设计，教姜维伪作密书致曹真，述其前日之降非得已。并教魏兵来，遇敌可佯败。他在后方，以举火为号，烧却蜀兵粮草，然后以大兵夹攻。

曹真得书大喜，与中护军大将费耀商议。费耀恐是计，自愿引军去接应姜维。费耀领五万兵深入斜谷，回身杀来，却遇着关兴、张苞伏兵。魏兵败困山谷，费耀自刎死。

曹真折了费耀，悔之不及。■

破曹兵
姜維詐獻書
瘦紅詞人

魏兵败后，司马懿教魏主用防守策，使蜀兵粮尽自退。又使人告曹真切不可战，务宜谨守，追蜀兵宜慎，勿中其计。

却说曹真入帐议事，部将孙礼献计，用假运粮车引诱蜀军来抢，再用伏兵邀击。不料此计被孔明识破，又将计就计，分拨诸路兵马把魏兵杀得大败。然后孔明乘胜拔寨退兵，退兵中密授魏延计策，使斩王双。

王双闻魏延拔寨回军汉中，乃大驱军马，并力追赶。至二十余里，见魏延在前。方欲厮杀，背后魏兵叫道自己寨中火起。急回马欲走，魏延却从林中杀出，王双大惊，不及措手，即被魏延一刀砍于马下。曹真闻知，忧伤成病，遂回洛阳。

孙权自立为帝，改元黄龙。以顾雍为

丞相、陆逊为上将军。蜀闻之，遣使称贺，并约其出兵伐魏。孙权听陆逊言，下令于荆襄各处，训练人马，虚作起兵之势，遥与西蜀呼应。

孔明探知郝昭病重，乃令人潜入城中举火，而以大兵临之。郝惊吓而死，孔明遂破陈仓。又命姜维、魏延径取散关。孔明驱大兵复出祁山。令姜维、王平领兵分取阴平、武都。

魏军既失陈仓、散关，又闻吴蜀联盟，孔明复出祁山，魏主曹叡大惊。时曹真病尚未痊愈，即召司马懿商议。司马懿言："东吴无出兵真意。陛下只须防蜀。"曹叡甚以为是，遂拜司马懿代曹真为大都督。司马懿辞了魏主，引兵往长安赴职。■

司马懿至长安。令张郃为先锋，引兵十万于渭水之南下寨。又命郭淮、孙礼引兵救武都、阴平二郡，却掩在蜀军之后以乱之。孔明知其计，伏兵击之，魏兵大败。此战，张苞坠谷中，受重伤，回成都养病。

司马懿又令张郃领兵抄袭蜀军后路，孔明大败之。旋令拔寨。张郃领兵追击，又为蜀军伏兵所困。司马懿引兵策应，方交战，忽报大寨有蜀兵来袭。司马懿大惊，即提兵回救，军心大乱，遂败回。

且说孔明大胜回寨。忽天子遣费祎来宣诏，以孔明屡获胜利，恢复其丞相之职。孔明坚辞，不许，方拜受。

孔明正欲进兵，忽得张苞伤重身死

讯，哀痛不已。十天后，回师汉中。兵退后，司马懿方才知道。

是时，曹真病已痊愈，乃与司马懿引兵四十万来取汉中。孔明遂命张嶷、王平二将引兵一千去守陈仓，以当魏兵。

张嶷、王平嫌兵少。孔明笑道："吾观天象，此月内必大雨淋漓。魏兵虽有四十万众，安敢深入山险之地，因此不用多兵。吾之大军，皆在汉中，一月后，待魏兵退时，以大兵掩之，必获全胜。"二人乃高兴而去。

司马懿亦知将有大雨，教曹真早为防备。未及半月，果然大雨淋漓，陈仓城外，水深三尺。魏军无法前进，又缺少粮草。司马懿、曹真乃奏请班师。■

孔明令魏延、张嶷、杜琼、陈式出箕谷，马岱、王平、张翼、马忠出斜谷，俱会于祁山，调拨已定，乃自提大军，令关兴、廖化为先锋，随后进发。

曹真以为天阴雨，蜀军必不前进。忽报谷中有蜀兵出来。曹乃命副将秦良引五千哨探，不许蜀兵近界。秦良进兵遇蜀伏兵，大败。秦良亦被廖化杀死，魏兵未死者多投降。孔明却将降卒军衣与蜀兵穿了，令关兴、廖化等引之径投曹营。又先命人报知曹真，说蜀兵都被赶走了。曹真信以为实。忽又报秦良来了。比及到寨，前后两处火起。曹回看时，蜀兵已四面杀到。幸得司马懿兵到，曹方得逃出。

孔明又遣降卒致书于曹真，骂其无识，曹真气极而死。

曹真既死，魏主乃命司马懿出战。司马懿下战书之翌日，两军列阵于渭河之滨。司马懿于阵前说孔明归降，孔明笑骂之。司马懿甚感羞愤，要与孔明一决胜负。

孔明布八卦阵，司马懿命将来攻，兵皆被擒。孔明释其兵，且说："汝等回见司马懿，教他重读兵书，再来决胜负不迟。"司马懿大怒，拔剑挥杀。忽阵后鼓角齐鸣，关兴、姜维之兵抄至，三面夹攻，魏兵十伤六七。司马懿退至渭河滨岸下寨，坚守不出。

孔明收得胜之兵回祁山，适永安城李严遣都尉苟安运粮至。苟安在途，逾限十日，孔明杖之。苟安遂降司马懿，懿命苟安回成都散布流言，说孔明有异志。后主乃命孔明班师。■

孔明用减兵添灶之法，退兵到汉中。司马懿恐有埋伏，不敢追赶。孔明竟安然回到成都。孔明见后主方知苟安造谣之事，乃诛妄奏之宦官。

建兴九年春二月，孔明复出师伐魏。魏主命司马懿出师御敌。司马懿令张郃为先锋，守祁山。自与郭淮巡略天水诸郡，以防蜀军割麦。孔明乃用大队人马扮演鬼神，以疑兵迷惑司马懿。魏军十分惊惧，收兵入上邽闭城不出。陇上之麦尽为蜀军割去。郭淮引兵攻卤城，又被孔明伏兵杀败。

孔明得李严告急文书，说吴魏联和，共谋取蜀。孔明遂班师回成都。

蜀兵既拔寨启行，张郃领兵追之。孔

明先伏兵于剑阁木门道两边，然后使魏延、关兴诈败以诱张郃。张追至木门道，天已黑。忽一声炮响，山上火光冲天，大石乱柴，从山上滚下，阻挡去路。张郃急忙回马，两下万弩齐发。张郃及其部将百余人，俱被射死木门道中。

孔明至汉中，才知告急之事是李严恐怕军粮不济，从中作假，以图暂缓。孔明大怒，将斩之，费祎劝阻。以他是先帝托孤之臣，从宽处置，贬为庶人。

孔明回成都后，讲武治军，不觉三年已过。孔明见诸事齐备，遂上表再请北伐。太史谯周谓奎星在太白之分，盛气在北，不利伐魏。孔明不听。■

孔明辞后主，星夜至汉中，聚集诸将，商议出师。忽报关兴病亡，孔明大哭。

孔明引蜀兵三十四万，兵分五路出祁山，姜维、魏延为先锋。司马懿引兵四十万来御，下寨于渭河之滨。又拨五万人于渭水上搭起九座浮桥，以为防守计。

孔明令魏延、马岱渡渭水，攻北原。司马懿预知其计，早有布置，蜀兵大败，折了万余人。

魏偏将郑文来诈降。孔明察知，将计就计，令作书招司马懿来攻。司马懿得书，即引兵劫蜀寨，中伏兵大败，前将军秦朗被射死。

孔明制木牛流马，以运粮草，其动作

诸葛亮造木牛流马

俨与活者相似。司马懿闻知，伏兵山谷中，劫得数具，仿造之以运粮。

魏将岑威引军驱木牛流马装载粮草，正行之间，忽报有兵巡粮，岑威令人往探果是魏兵，遂放心前进。其实此兵是王平所领，假扮魏兵来劫粮者。忽然喊声大震，伏兵四起，岑为王平所杀。郭淮闻军粮被劫，急引军来救。王依孔明教，令兵将木牛流马舌头扭转，遂不能动。郭淮正令兵驱赶，魏延、姜维之兵杀至，郭淮大败而走。王再令将木牛流马之舌重复扭转，长驱而行。司马懿引军来救，方至半路，又为廖化、张嶷截杀。司马懿脱身从林间逃走，几为廖斫杀。■

东吴应孔明之约，分兵三路伐魏，魏主曹叡命刘劭率兵救江夏、田豫引兵救襄阳，自与满宠率兵救合肥。满宠兵至巢湖口，用火攻之法，大破吴军。诸葛瑾率败兵逃走沔口，回兵江东。

孔明在祁山，命诸军与魏民相杂屯田：军一分，民二分，并不侵犯，使魏民安心乐业，以为持久之计。魏兵只是坚守不出战。孔明屡次诈败，以诱惑魏军。自屯兵于上方谷。

司马懿闻孔明去上方谷屯粮，乃出兵取祁山大寨，使蜀兵反救，然后再袭上方谷，烧其粮草。此计为孔明所料到，乃以诈败计，诱司马懿至谷中，然后四下放火，烧断谷口，魏兵进退不得。司马父子以为这次皆要死于此处了，相抱大哭。正哭间，忽然天降大雨，满谷之火尽灭。张虎、乐綝二

将救兵又至，司马懿始得退走渭河北岸。孔明叹曰:“谋事在人,成事在天。”

孔明兵屯于五丈原,使人挑战,魏军坚守不出。孔明乃遗司马懿巾帼并女人缟素之服,以辱之。司马懿不怒,仅问来人诸葛之起居饮食。既而谓诸将道:“孔明食少事烦,其能久乎！”使者还报孔明,孔明叹道:“彼深知我也！”

孔明闻东吴兵败,长叹晕倒。是夜孔明出帐观天文，入帐向姜维道:“吾命在旦夕矣！”姜维问何故？孔明道:“吾见三台中,客星倍明,主星幽暗,天象如此,吾命可知！”姜乃劝孔明祈禳之。孔明设七灯禳解,已及六夜,见主灯明亮,心中甚喜。忽魏延飞奔来告军情,将主灯扑熄。姜维怒甚,欲斩魏延,孔明止之,即命魏延前去应敌。■

孔明见魏延踏灭主灯，遂谓姜维曰:“此天数也。”遂以兵法秘书，悉授姜维。曰:“吾本竭力尽忠，恢复中原，奈天意如此。吾平生所学，已著书二十四篇，内有八务、七戒、六恐、五惧，汝可传我书。”又教死后，不可举哀，可置龛中，如此如此。再唤杨仪与一个锦囊。又唤马岱附耳低语，授以密计。连夜申报后主。

不一日，尚书李福以圣命来问病。孔明病已危重，命李福回奏:“国家旧制不可改易，所用之人，不可轻废。吾兵法皆授于姜伯约，他自能继吾之志，为国家出力。”李领命去。孔明便上表后主，曰:“臣宗有桑八百株、田五十顷。子孙衣食，自有余饶。臣死之日，不使内有余帛，外有余财，以负陛下。”李福又至，问继丞相者，答为蒋公琰。又问其后，曰费文伟。再

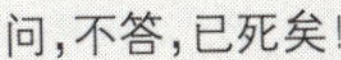
问，不答，已死矣！

当时众人无不下泪。当遵孔明遗命，不举哀。令魏延断后。时魏延闻杨仪掌事，心中不服。问马岱，岱愿从之。遂引兵来追杨仪。

司马懿在营中，见大星三起三落，知孔明已死，又惧孔明用禳星法以诱之。遂使人探听，蜀兵已退。司马懿大喜，引二子随后追来。正追之间，一声炮响，蜀兵摆开，一面大旗，上书“汉武乡侯诸葛亮”，旗下一辆四轮车，端坐孔明，司马懿引兵便退，跑了数十里，魏兵个个胆落。只听姜维大呼：“休走！你中了丞相之计了。”后蜀中人谚曰：“死诸葛能走生仲达。”

司马懿知孔明死信已确——车子孔明乃木人也，复引兵追赶，一路见孔明安营之处，整整有法，叹曰：“此天下奇才也！”遂班师回洛阳面君去了。■

見木像魏都督喪膽
月湖釣叟

却说姜维、杨仪领兵退汉中，入栈道口，然后举哀发丧，蜀军皆哭。忽前头有哨探来报，说是魏延烧绝栈道，引兵拦路。杨仪大惊，与姜维商议，一面申报后主，一面引兵从小路径投汉中。

后主在成都，坐卧不安，梦山林崩。忽闻李福转奏丞相已死，不觉大哭，倒于龙床之上。次日魏延、杨仪各上表奏对方谋反。后主不能决。费祎至，后主乃知魏延反事，命持诏慰杨仪。

姜维、杨仪引兵至南郑。魏延亦领马岱，来攻南郑。杨仪因拆锦囊观看，内尚有一函，曰："出阵后开。"杨乃使姜维出马，自在旗门下看锦囊，大喜。出谓魏延曰："汝敢叫三声'谁敢杀我'，便献汉中。"延大怒，叫曰："谁敢杀我。"声未了，马岱应声曰："我敢杀汝。"一刀将魏延杀了。原来都是武侯预设之计。

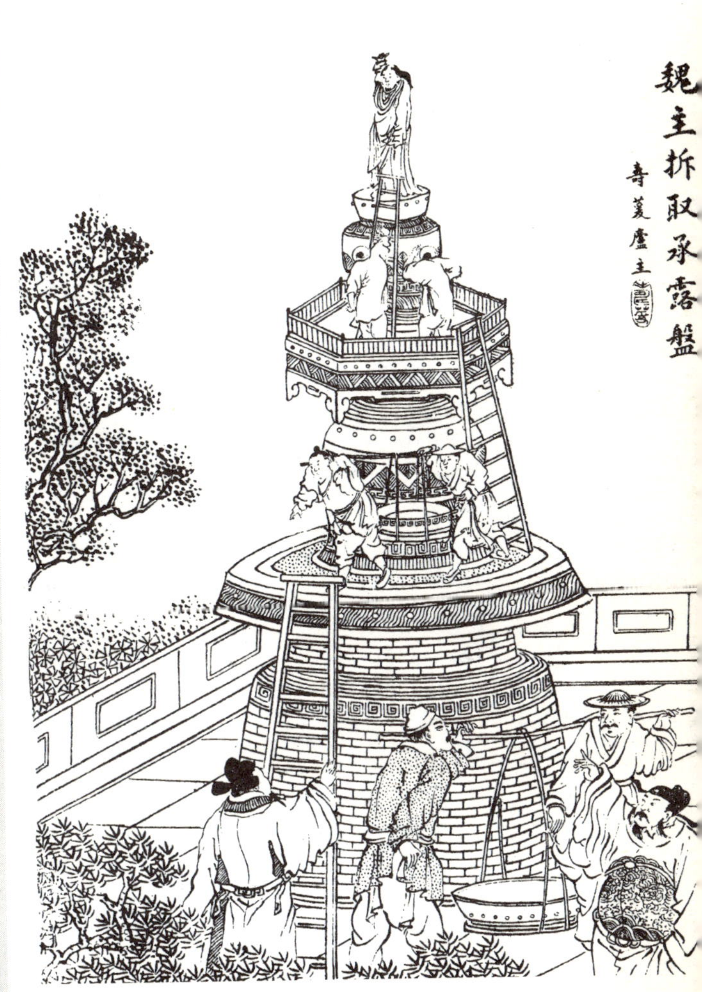

后主将武侯安葬于定军山。亲自祭奠。蜀国上自公卿，下及百姓，无不痛哭。

后主回成都，依孔明遗言，加蒋琬为丞相大将军，加费祎为尚书令。杨仪自恃年宦先干蒋琬，功劳又高，而位出蒋琬之下，不禁口出怨言。谓:“昔日丞相初亡，若将全师投魏，宁当寂寞如此！”后主闻之大怒，下狱堪问，杨仪自刎死。

孔明死后，三国各不兴兵。魏主乃在许昌、洛阳大兴土木，建造宫殿，均极其华丽。为建宫殿，调天下巧匠三万余人，民夫三十万。民力疲困，怨声不绝。又派人至长安，拆取柏梁台上所立铜人及手捧之“承露盘”(用来接三更北斗所降“甘露”)，移置洛阳芳林园。广选美女入宫，宠后宫郭夫人，每日取乐。毛皇后劝谏，被赐死。■

辽东太守公孙渊引兵谋反，自称燕王，年号绍汉，起兵十五万，掳掠中原。魏主令司马懿以兵四万讨之。

司马懿以胡遵为先锋，引兵到辽东。绕开公孙渊重兵把守的辽隧，直捣其老巢襄平，四面将城围合。

时秋雨一月不止，魏兵皆在泥泞中，行坐不安。司马懿却围而不攻。人问之，曰："彼粮少兵多，我不战，彼自败矣！"时公孙渊在城中，粮草已尽。人人怨恨，各无守心。公孙渊甚是惊扰，遣人来降。司马懿不允。公孙渊乃引兵遁去。途中魏军伏兵尽起，遂被擒杀。胡遵引兵入襄平城，民焚香迎拜。司马懿赏劳三军，班师回朝。

魏帝曹叡杀毛皇后后，梦见毛后来索命，遂患病不起。病危重时，召司马懿

司馬懿詐病賺曹爽

还，托少子曹芳。又以兵权属曹爽，遂死。当时诸臣扶曹芳为帝。改元正始。由司马懿与曹爽辅政。

曹爽兵权在握，司马懿推病不出。曹爽不知虚实。适魏帝任曹爽之门人李胜为荆州刺史，曹爽乃令李胜探之。司马懿装作病重。李胜曰："天子命为荆州刺史，特来拜辞。"司马懿佯答："并州近朔方，好为之备。"李曰："除荆州，非并州。"答："方并州来？"左右曰："太傅耳聋。"司马懿以手指口，侍婢进汤，汤流满襟，哽咽云："君见大将军，千万看觑二子。"言讫倒在床上。李胜回见曹爽，细言其事，曹爽从此不疑司马懿。不一日与帝出城诣高平陵祭祀。司马懿闻之，遂聚旧日所部与家将，发动宫廷政变，上表请帝削曹爽兵权。■

司农桓范请曹爽与帝幸许都，召外兵以杀司马氏。曹爽不听，竟将兵符印绶交出。司马懿令曹爽等各回私宅，另拿尚书何晏诸人考问，道其谋反，于是将曹爽、曹氏族人及曹爽门人等一千余人，尽行诛杀。曹芳任司马懿为丞相，加九锡。

司马懿又欲收夏侯霸杀之。夏侯霸引兵造反，雍州刺史郭淮拒之，夏侯霸走投姜维。姜维设宴招待，就席问魏国内情，告曰："魏国新有两人，一为太傅钟繇之子秘书郎钟会，喜读兵书，明韬略，司马懿与蒋济皆称其才；一为襄阳人掾吏邓艾（字士载），为人口吃，奏事必艾艾，素有大志，每见高山大泽，辄窥度指画。

此二人深可畏也。”姜维笑曰：“孺子，何足道！”

姜维引夏侯霸见后主，并请兵北伐。出兵阳平关，至牛头山，郭淮、陈泰迎战。郭淮用计令陈泰断姜粮草，姜兵大败，引军奔回阳平关。司马懿长子骠骑将军司马师引兵截击，被姜维奋力杀败。魏兵又追来，姜维以武侯连努射之，魏兵尽死。司马师自乱军中逃命而回。此次北伐，姜维亦折兵数万，乃领败兵回汉中屯扎。

次年八月，司马懿染病身死，魏帝厚加祭葬。乃封司马师为大将军，总领尚书机密，封司马懿次子司马昭为骠骑上将军。■

却说太元二年四月，吴主孙权病重。此时陆逊、诸葛瑾皆亡，乃召太傅诸葛恪、大司马吕岱嘱后事，嘱讫而死，寿七十一。诸葛恪等辅太子孙亮为帝，改元大兴。魏闻之，便起兵伐吴。司马师令镇南都督毌丘俭、征东将军胡遵、征南大将军王昶三路进兵。司马昭为大都督，总督各处兵马。

司马昭命胡遵引兵攻东兴。诸葛恪自与老将丁奉引大军迎敌。丁奉引军三千至东兴，时大雪，丁奉与诸卒士脱去衣甲，只带短刀誓杀魏兵。他们在雪中各执

短刀渡河至魏寨。魏兵见了大笑，皆不备。丁奉与兵一跃上岸，冲入魏寨，魏兵措手不及，被丁奉三千兵杀得落花流水。魏将韩综、桓嘉均被杀死，先锋胡遵夺路而逃。司马昭与三路人马只好退兵。

诸葛恪派人送信入蜀，请姜维相助伐魏。自引兵围新城。魏兵坚守不战，诸葛恪粮尽退兵，为魏所败。孙权族弟孙峻，因恨诸葛恪削其兵权，乃于诸葛恪兵败之际，设计杀诸葛恪，吴主孙亮只好封孙峻为丞相大将军，总督中外诸军事。从此吴国大权尽归孙峻。■

姜维接诸葛恪书，奏明后主起兵北伐。令廖化、张翼为先锋，夏侯霸为参谋，并遣人结连羌人，从阳平关取南安。司马师闻之，令司马昭领辅国将军徐质来迎。蜀将敌不过徐，姜维乃给诸将授计，以对付徐。

司马昭令徐质劫姜维粮草，恰中了姜之计。蜀军伏兵尽起，徐欲逃，为姜刺死。姜令军士着魏服，径入魏寨，混杀起来。司马昭急逃上铁笼山，山中泉水甚少，眼看将死。主簿王韬掘地得泉，乃得水喝。

魏将郭淮闻司马昭被困，乃与陈泰计，领大军杀来。姜维兵败。郭淮追来，见姜手中无器械，乃拈弓射之，姜用手接过来箭，扣在了弦上，往郭淮面上射去，郭应弦落马，血流过多而死。姜乃会合夏侯霸收兵回汉中。此后姜维又折了许多兵马，但射死郭淮、杀死徐质，功罪相抵。

打退姜维进攻，司马师、司马昭更加专权，魏帝曹芳见之战慄不已。遂暗与皇后父张缉及太常夏侯玄、中书令李丰谋划铲除司马师兄弟，曹芳脱下衣衫，写了讨灭贼臣司马师兄弟的血诏。事为司马师所觉。司马师乃捕杀张缉等三人，绞死皇后，又奏闻太后，废曹芳，另立高乡侯曹髦为帝。是日，改年号，大赦天下，假大将军黄钺，带剑上殿，一切如魏家篡夺汉家无旧例。■

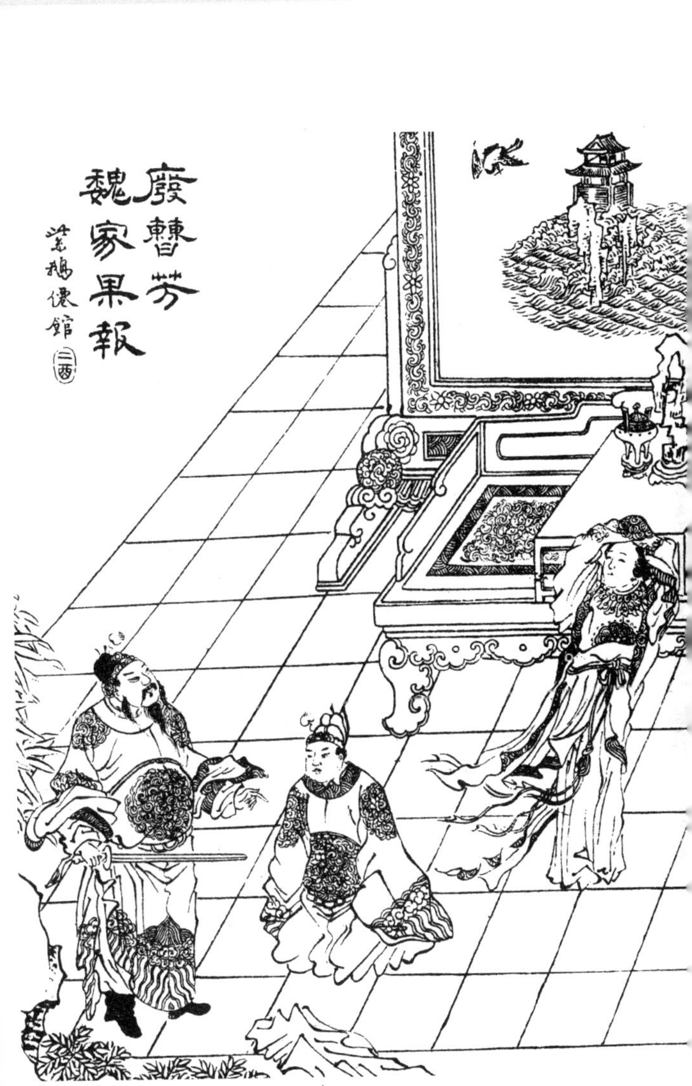

魏正元二年，镇东将军毌丘俭反对司马师擅行废立，与扬州刺史文钦相约，起兵反魏，声称要杀司马师。司马师闻之，抱病出征。

文钦与子文鸯共击魏兵。文鸯勇武绝伦，先引兵杀入中军，左冲右突。无人敢挡。司马师闻之，不觉病重。时邓艾引兵至，来战文鸯。文鸯回马杀入军中，魏军死者无算。如是者数次，魏兵遂不敢近。后司马师召各路兵马皆至，文钦见形势危急，乃投东吴。毌丘俭则为魏兵所杀。

司马师病重不起，急召弟司马昭至交代后事。司马师死后，大权都归于司马

昭。魏主曹髦下诏，令司马昭暂屯许昌，以防东吴。钟会曰:“大将军新亡，人心未定，应还兵屯洛水之南”。司马昭从之。曹髦闻讯大惊。

司马师亡后，姜维奏明后主，引军出洮水伐魏。雍州刺史王经、副将军陈泰引军来迎。姜维背洮水为阵，与魏兵大战，将次近洮水。姜维大呼曰:“再退皆入水矣，何不努力奋战!”于是诸将无不奋勇前进，魏兵大败，尸积如山。姜收军，大赏三军。遂转攻狄道。却遭邓艾截击。姜维退入剑阁。

蜀后主因姜维有洮西之功，诏封大将军，姜又再议出师伐魏。■

姜维退兵剑阁，邓艾因功封安西将军，同陈泰屯兵雍、凉。陈谓：“蜀兵力竭必不出矣！”邓不以为然，并料蜀兵有五必出：有乘胜之势，一也；容易调遣，二也；吾将不时更换，三也；以一分当我四分，四也；有谷麦可食，五也。魏军遂大作预备。

姜维在剑阁与众商议伐魏之事。众谏阻，不听，果复引军出祁山。见邓艾已立九寨，势如长蛇，不觉叹服。遂与夏侯霸设计，每日令哨兵出寨虚张声势，自引一军袭南安。

邓艾探知姜维意图，乃以奇兵战胜姜维。姜又去上邽，复为魏兵所围，幸张

諸葛誕義討司馬昭

嶷引兵来救。张为护姜竟死阵中。姜遂循武侯街亭旧例，自贬为后将军，行大将军事。邓因退姜之功，又加官封爵。

魏镇东大将军、两淮军马总管诸葛诞不满司马昭之擅权，欲讨之。司马昭闻悉，密书扬州刺史乐琳除之，诸葛诞得报，竟至扬州杀了乐琳。并遣子入吴为质，求合兵共讨司马昭。吴主从其请，遣大将全怿为主将，于诠为合后，文钦为向导，起兵七万出师伐魏。司马昭亲率二十六万大军与吴兵战，吴军大败。诸葛诞自引兵数万来敌司马昭，又战败，只好率败兵退入寿春自守。■

却说诸葛诞为魏军所败，退入寿春。吴辅政大臣孙綝令于诠救之，于领一部吴兵入城助守。司马昭先使人截城外之吴兵。吴兵多有降魏者。

诸葛诞在寿春，眼看粮尽，文钦劝诸葛诞放出部分守军，以节省粮食，被诸葛诞问斩。文钦之子文鸯、文虎遂越城降魏。寿春守将曾宣又献城门，放魏军入城，诸葛诞引麾下突出，被魏将斩杀。魏军入城，正遇吴将于诠，魏将令其投降，于不屈。曰："受命救难，又降他人，义所不为。"乃挥刀死战，终为乱军所杀。

姜维在蜀，闻司马昭出征，乃率川将蒋舒、傅佥直取长城。蜀大臣谯周反对姜维累年征伐，作《仇国论》寄姜，力主养民恤众，反对极武黩征。姜看毕掷之于地。

遂提川兵来取中原，姜维部将傅佥谓魏军粮草皆在长城镇，今可取之。姜维从之，乃提兵往长城镇而来。长城守将司马望乃司马昭族兄，闻蜀兵到，乃引王真、李鹏二将出阵，傅佥力斩二将，司马望败回城中。次日，蜀军用火箭，火炮猛攻，魏兵自乱，城将陷，忽邓艾引大军入城助守，又闻司马昭要亲引大兵来救长城，姜维只好退兵。■

吴主孙亮，因孙綝过于专横，遂与外戚全纪、全尚等谋之，为孙綝所觉，引兵围宫，将全等收杀。又命孙亮交出印绶，另立孙休为帝。自此孙綝愈专横。孙休暗与左将军张布相商，张请老将丁奉设法。丁奉乃请大会群臣，宴于朝堂，于席间诛之。

次日朝堂大宴，张布执剑上殿，曰：“有诏讨反贼孙綝。”遂捉孙綝，斩于殿角。丁奉已擒孙綝家族，尽斩之。使者报至西蜀，蜀主刘禅遣使回贺。吴使者向孙休回报，蜀后主用宦官黄皓。入其朝不闻直言，经其野民有菜色。孙休感叹之。

姜维闻司马昭行将篡位，遂引兵二十万出祁山。邓艾御之，夜引兵劫营，姜

按剑中军，命以箭射之，魏兵十余次冲击，皆不得入。次日收兵，邓叹曰："姜维深得孔明之法，兵在夜而不惊，将闻变而不乱，真将才也！"

次日斗阵，姜维变阵势，将邓艾困入垓心。司马望领兵来救，始杀出，但祁山九寨却尽被蜀军占据。邓艾又使司马望与姜维斗阵，自引军抄袭姜维后路。姜维对此早有布置，邓艾陷入廖化之围中，魏军大败，邓艾身中四箭，舍命突围，方逃命。

邓艾与司马望两人商议，遣人到成都，交通后主宠幸宦官黄皓，布散流言，说姜维不久要投魏。后主听到流言，遂命姜维班师。■

姜维斗阵破邓艾

雪鸿生

司马昭威权日重，自带剑上殿，怒骂天子。曹髦不能忍，请尚书王经、侍中王沈等商议。王沈报知司马昭。曹髦不能再忍，乃聚宿卫、苍头、官童等三百余人，仗剑升辇，径出南阙，要去杀司马昭。司马昭已命心腹贾充等引数千铁甲禁兵杀来，贾充令部下成济刺杀了曹髦。司马昭闻之，佯作大哭，并斩成济，又杀王经。贾充劝其自为帝，司马昭不肯，乃立曹操之孙曹奂为帝。

姜维闻之，又上表后主请求伐魏。后主准奏，姜遂率十五万兵分三路杀奔祁山而来。邓艾御之。邓参军王瓘献计由自

己冒称王经之侄，降于姜维，再与邓里应外合以破姜。邓遂拨五千兵与王瓘，使其降蜀。姜知其伪，乃将计就计，布置诸将埋伏。一日，邓艾得报王瓘已得手，望邓引兵接应。邓乃按王之请求催兵前进。正行间，忽闻一声炮响，蜀军伏兵尽起，只听喊：“拿住邓艾！”邓大惊，乃弃乘马，爬山而逃。

王瓘闻知姜维假冒自己名义，使邓艾中计，遂命人尽烧蜀军粮草车辆，引兵向汉中杀来。姜回军还击，王走投无路，自沉江中死。此战，姜虽胜邓，但失去许多粮草，乃引兵回汉中。■

却说蜀汉景耀五年，姜维差人修筑栈道，备好军粮兵器，上表后主伐魏。大臣谯周又反对。后主曰："且看此行若何，果有失，即当阻之。"

姜维同诸将提兵三十万，令夏侯霸为前部，径取洮阳而来。邓艾与司马望以计诱夏侯霸入洮阳，射杀之。姜闻讯，嗟叹不已。次日又输一阵，遂令张翼领一军去取祁山。邓艾令子邓忠与姜战，自引军救祁山。姜乃令傅佥御敌，自引大军救张翼。邓艾折了一阵，乃急退祁山，坚守不出。

后主宠信黄皓，沉溺酒色，不理朝

事。右将军阎宇欲揽军权，乃阿附黄皓，黄遂谗奏后主，欲以阎代姜。于是，后主连下三诏令姜班师。姜正在祁山攻战，忽连接班师令。不得已，乃引军回朝。后探知其事，乃入御花园来杀黄皓。后主为之求免。姜出，郤正谓其祸不远矣。姜因求避谗之计，郤正教引军至陇西沓中屯田，既可御敌，又可避祸。姜从之，奏明后主，引军去沓中屯田去了。

司马昭闻曰："蜀可图矣！"乃命钟会为镇西将军，引军十万袭汉中。邓艾在陇西，约期伐蜀。■

魏景元四年七月，钟会引兵十万分三路伐蜀，令许褚之子许仪为先锋。中路出斜谷，左军出骆谷，右军出子午谷。

邓艾得伐蜀诏后，亦传命雍州刺史诸葛绪、天水太守王颀、陇西太守牵弘、金城太守杨欣等进兵，环攻姜维。

姜维闻魏兵大至，遂一面遣使入吴求救，一面申奏后主，急荐张翼、廖化把守阳平、阴平二关。后主即召黄皓询问，黄曰："此乃姜维欲立功名，故上此表。"

钟会兵至南郑，蜀军守将卢逊以武侯连弩射退魏兵。钟令人射死卢

逊，夺取了阳安关，守关将蒋舒降魏，傅佥战死。钟会兵直趋汉中，过定军山诸葛武侯墓时，备礼致祭。是夜，钟在帐中伏几而寝，梦见武侯来访，嘱其入境后，善待川人，勿妄杀生灵。钟乃立“保国安民”大旗进军，汉中人民尽出城拜迎。

邓艾所部兵至沓中，姜维闻魏兵至，急引兵战。魏兵四路均至，姜为所困，乃诈言率军取雍州，魏军急撤大军去救雍州，姜维乘机回军由桥头奔剑阁。遇张翼、廖化，问之，曰：“汉中已失。”三人遂共去剑阁坚守。■

姜维、廖化、张翼至剑阁，与辅国大将董厥会合守关。忽报诸葛绪领兵来攻打剑阁，姜维领五千兵杀下关来，诸葛绪大败，钟会怒欲斩之，众以为诸葛绪乃邓艾部下，杀之恐伤和气。钟会愈怒，众力劝，乃用槛车囚诸葛送洛阳，将诸葛之兵收在部下。邓艾闻之大怒。

邓艾令人探得阴平小道，乃与诸将寻山路而进。凡行二十余日，七百余里，皆是无人之地。至摩天岭，高不可行，乃裹毡直滚而下，直抵江油。江油城守将马

邈闻邓艾兵到，慌忙出降。邓艾驱兵至绵竹。后主惊得手足无措，郤正请诏孔明之子诸葛瞻迎敌。后主乃宣诸葛瞻守绵竹。诸葛瞻之子诸葛尚亦骁勇，父子连胜数阵。后邓艾用计，将诸葛父子围困。诸葛瞻命人往东吴求救。东吴即令丁奉为主帅率兵五万前往救蜀，因路远，未能及时到达。诸葛瞻急等救兵不至，乃披挂上马，引三军出城与魏军作战，战死于军中。其子出战亦死。邓艾遂得绵竹。厚葬诸葛瞻父子。■

后主闻绵竹失守，大为惊惶，聚文武商议。官员多劝出走，或投东吴。大臣谯周却请降魏。后主从之。唯后主第五子北地王刘谌力主抵抗，“若势穷力极，祸败将及，便当父子君臣，背城一战，同死社稷，以见先帝”。后主不许，令人逐出。遂命谯周写降表，齐玉玺送至雒城请降。邓艾闻之大喜，作回书以慰之。

北地王闻知，怒气冲天，入见其妇。夫人闻之请先死。北地王杀三子后，到昭烈庙中自刎。

次日，魏兵大至。后主率臣属，面缚舆榇，出北门十里而降。邓艾厚待之。蜀汉亡。邓艾闻黄皓奸佞，欲斩之，黄皓以金宝贿其左右得免。

太仆蒋显到剑阁，见姜维，传后主敕命出降。众将大惊，咬牙痛恨，拔剑砍石大呼曰："我等死战，何故先降耶？"号哭之声，达丌数里。姜维见人心思汉，乃与诸将筹划应变之策，遂与张翼、廖化、董厥径至钟会处请降。钟大喜厚待之。姜曰："如遇邓士载，当与死战，安肯降之乎！"钟会与之结为兄弟。仍令统兵。

邓艾在成都上表，有矜功之意。司马昭下诏封太尉。又封钟为司徒，欲以牵制邓。姜维为钟划策，令上表奏邓艾专权恣肆，结好蜀人，早晚必反；又假造邓艾傲慢词语之表章。司马昭果命钟收押邓。又自引大军至关中以防钟。■

钟会用姜维之计，令监军卫瓘收邓艾。卫乘夜至成都，邓在床上，闻诏滚下床来。卫叱武士缚之，其子亦被擒。邓府中将吏欲动手抢夺，钟会大兵已到成都。钟至邓府，下马入内，见邓艾父子，以鞭挞其首，与姜维同骂之。邓反骂之，钟命解洛阳。

钟会闻司马昭引军至长安，大惊，问姜维。姜劝其假郭太后遗诏，引兵讨司马昭。钟遂聚诸将道其意，既拔剑曰："有不从者斩之。"诸将皆惧而画字。姜又劝钟将诸将不服者"先坑之"。事为诸将发觉，连夜杀入府中，来拿钟、姜。钟命姜

杀出，未出，诸将已入。钟为乱箭射死。姜自刎。诸将破姜腹，胆大如鸡卵。早有邓艾部下去救邓，并放之回。卫瓘闻之，恐罪己也，乃与护军田续引兵杀了邓艾父子。

司马昭封后主为安乐王，斩黄皓并召后主入洛阳。宴会中让后主观蜀乐，蜀官坠泪，后主独乐。

平蜀之后，司马昭受封晋王，立司马炎为世子。忽中风死，司马炎继位为晋王。贾充等劝司马炎为帝，并筑受禅台，请曹奂禅位。曹奂不得已，将帝位与之。司马炎遂登帝位，国号大晋，改元泰始，大赦天下。魏亡。司马炎封曹奂为陈留王。■

吴主孙休病亡。群臣以太子年幼，乃立孙权之孙孙皓为帝。孙皓甚聪明。然溺于酒色，专断残酷，常杀大臣。恐晋兵来犯，命镇东将军陆抗守江口以御之。晋帝则命太傅羊祜领兵迎之。二人各坚守自家防线。有时二人在会猎中相遇，亦各不相犯。陆抗常遗羊祜美酒，吴主闻后谓陆抗不战，削其兵权，使左将军孙冀领之。羊祜遂上表请伐吴。但大臣贾光等反对，司马炎因此不行。

咸宁四年，羊祜入朝告老回乡，晋帝司马炎问安邦之策。羊祜以伐吴对。

降孫皓三分歸一统

后羊病危，晋帝亲临存问。谓："悔不从卿之言伐吴。能代卿者，可得知乎?"羊因荐右将军杜预。

晋帝遣杜预为大都督，引兵由陆路进攻东吴；又命龙骧将军王濬由水路进攻。吴主昏聩，闻讯命丞相张悌迎敌。吴兵于江中作铁索拒晋兵，王濬以火烧断铁索，引兵顺流而下。吴兵尽降，王濬兵直入石头城。人劝孙皓效蜀后主向王濬投降。王厚待之。

不一日杜预等亦至。大犒三军，班师。孙皓被带至洛阳见晋帝司马炎，被封为归命侯。吴亡。三国乃归一统。■

图书在版编目（CIP）数据

图说三国/海上紫云轩主人改编. --上海 ：上海科学技术文献出版社，2011.2
ISBN 978-7-5439-4772-6

I.①图··· II.①海··· III.①《三国演义》研究
IV. ①I207.413

中国版本图书馆CIP数据核字(2011)第011214号

责任编辑：陈宁宁

图 说 三 国
原著 罗贯中 绘图 朱芝轩
改编 海上紫云轩主人
*
上海科学技术文献出版社出版发行
(上海市长乐路746号 邮政编码200040)
全 国 新 华 书 店 经 销
江 苏 常 熟 市 人 民 印 刷 厂 印 刷
*
开本740X970 1/16 印张17.5
2011年2月第1版 2011年2月第1次印刷
ISBN 978-7-5439-4772-6
定价：30.00元
http://www.sstlp.com